八歳記念旅行　天草

養護学校のプールにて

宮崎　青島海岸

ゆみかスマイル

Egao no senshi ＊ Mayumi Doushi

笑顔の戦士

道志真弓

文芸社

はじめに

本書は、平成十七年に八歳八カ月で亡くなった私の娘、弓華との夢のような日々をつづっている。弓華は、世にいう障害児だった。それも、とても重度の障害児だった。それがどれほど重かったかというと、ふつうならとても出産までたどりつけない、やっかいな問題をたくさんかかえていた。

生まれてきたときに、心臓には四つ穴が空いていた。

心臓に穴が空いている？　私自身、どういうことになるのかすぐにはわからなかった。医師の先生から、心臓は、からだじゅうに血液を送り出す器官であり、そこに穴が空いていれば、からだに酸素や栄養がいきわたらないこと、これからどんどん大きくならなくてはならない赤ちゃんにとって、これはとても大きな問題だということを伝えられた。

しかし弓華はそれだけでなく、腎臓にも重い障害を抱え、脳にも発達障害を抱え、さらにからだじゅうに、小さな障害をたくさんもっていた。

顎がとても小さいため呼吸がしにくいうえ、自力でミルクを飲むことができなかった。

歩くことも、話すこともできなかった。しかも、いちばんかわいそうだったのは、泣くことが許されなかったことだ。

赤ちゃんにとって、泣くことはなにかを訴える唯一の手段だ。ところが、弓華の場合、心臓に穴が空いていたため、泣くと発作を起こして、激しいチアノーゼになり、命にかかわった。そのため、二歳半のときに心臓の手術を受けるまで、とにかく泣かせないように必死だった。泣けば命にかかわるのだ。

どうして、このような障害を抱えて生まれてきたのだろう。それは生後まもなく行われた検査でわかった。弓華はきわめて珍しい染色体異常だったのである。

染色体異常のひとつ、ダウン症は、約千人に一人の割合で起きるといわれている。しかし、弓華は、ダウン症よりはるかに稀な「14トリソミー」と呼ばれる症例だった。「14トリソミー」という症例はきっとほとんどの人が聞いたことがないと思う。それもそのはずで、この症例は世界でもまだ、三十数例しか報告がないのだ。どうして報告例がわずかなのかというと、もしこの異常があると、まずほとんどの場合、九十九パーセント以上と言われたのだが、途中で流産して生まれてこないからである。

けれども、弓華は生まれてきた。それは、そのことだけで奇跡だった。私は長年、不妊症に悩み苦しんできて、何年も不妊治療をしても、ちっとも妊娠しなかった。ついにあきらめて不妊治療をやめてまもなくだった。まるで天からの贈り物のように、私のもとにやってきてくれたのが、弓華だった。

これからお話しするのは、そんな私と弓華、そして家族との奇跡のような日々のことである。

ここまで読まれて、きっとこれから始まるのは、とても重い闘病と介護の記録なのではないだろうか、子どもが亡くなるまでの、つらく、重く、暗い日々の話なのではないかと予想して、ちょっぴり憂鬱な気持ちになっている方もいるかもしれない。

けれども、私にとって弓華と過ごした八年八カ月は、暗いどころか、明るい光に彩られた、このうえなく楽しい毎日だった。

そうはいっても、「それって無理してそう思いこもうとしているんじゃないの。本当は悲しくて仕方ないのに、カラ元気でそう言ってるんじゃないの」と思われるかもしれない。けれども、弓華と過ごした日々を思い出すと、私の心にはこれ以上ないほどに明るいものが満ちひろがっていく。それをいまもはっきりと感じるのだ。

弓華との日々は、私の青春そのものだった。青春というには、少々遅い時期だったけれど、それでも、やはりあれは私の青春だったのだと思う。喜んだり、笑ったり、悲しんだり、泣いたり、ため息ついたり、そうやって毎日歩きつづけた。それは一年が十年くらいに感じられるほど密度の濃い日々だった。一方で、そんな幸福な日々が長くはつづかないこともわかっていた。だからこそ、毎日がかけがえのない貴重な時間だった。

弓華との日々を本に書こうと思ったのは、弓華がまだ元気だった頃、テレビの取材を受けたことがきっかけだった。私は自分の子育てを特別なものだと思ったことはなかった。みなさんと同じように、私も母としてふつうに弓華を愛した。ふつうの子どもたちとはちがうところもあるけれど、そのちがうところも含めて弓華は私の娘だった。

ところが、番組が放映されると、それを見てくれた多くの人たちから、私にとっては思いがけないほど好意的な反響があった。それから私は学校やいろんな集まりに招かれるようになり、みなさんの前で弓華の話をしてくれと言われるようになった。

とくに子どもたちからの感想はうれしかった。「勇気づけられた」「命がいかに貴重か、よくわかった」「生きているってすばらしいことと感じた」「一つしかない命を大切にしたいと思った」など、たくさんの感想をいただいた（そのいくつかは、了承を得て「あとがき」に引用させていただいた）。

それらを一つひとつ読むうちに、私は弓華がすばらしい贈り物を残していってくれたことにあらためて気づいた。私は、いじめや自殺や暴力で傷ついている、いまの子どもたちに、弓華の話が、元気や勇気、そして命の大切さを伝える力になることを知って、もっと弓華との話をたくさんの人に知ってもらえればと思った。

生きることに喜びを見出せず、命を粗末にしがちな、いまの大人たち、そして子どもたちに、この本をとおして、命のかけがえのなさ、すばらしさを少しでも感じてもらえれば、本当にうれしい。

なお、小学校低学年から中学年の子どもたちにも読んでもらえるように、この本の後ろのほうに、やさしく書きおろした弓華との物語を収めた。小さな子どもたちにも、おうちの方や先生が、読み聞かせていただければ、うれしく思う。

それでは、さっそく弓華の物語をはじめよう。

それはまだ弓華が生まれるずっと前にさかのぼる。

笑顔の戦士◆目次

第2章　章真がやってきた！

夢だと言われた退院が現実に
笑うようになった弓華
気管切開をすすめられる
弓華にきょうだいができた
ストレスフリーな私
堺市にお引っ越し
発作のビデオを見てもらう
章真誕生
目のまわるような日々
発作の回数が増える

ゆみちゃんたんじょう
さいごのだっこ
しんぞうに穴《あな》があいている
ゆみちゃんのたいいん
なくことができないゆみちゃん
毎日、おさんぽ
章真《しょうま》くんがやってきた
しんぞうの手術《しゅじゅつ》をうける
家族四人で
あと一カ月の命?
笑いがもどってきた

第1章　弓華がやってきた

卵巣が破裂してる！

弓華を授かる五年前、二十五歳のとき私は結婚した。実家の富山を離れて主人の仕事先の大阪に嫁いだのだった。

私はごくふつうの女の子だった。結婚するまでは富山でＯＬをしていた。その片手間にテレビのレポーターやモデルの仕事もしていたけれど、結婚したら仕事をつづけるつもりはなかった。家庭に入って、すぐにでも子どもがほしかった。

友だちも親戚もいない大阪で私はひとりぼっちだった。主人は仕事が忙しかったたし、ひとりで家にいると、さみしくて涙が出てくることもあった。もともと子どもは大好きだったし、一日も早く自分の分身がほしかった。

新婚早々、毎朝、基礎体温表をつけては、わくわくしながら妊娠の兆候が現れるのを待っていた。ちょっと出血があったりすると、「ひょっとして妊娠？」と思って病院にかけこんだ。けれども、残念ながら、なかなか思うようには妊娠できなかった。

いまから思えば、新婚早々で、どうしてあれほどあせっていたのかわからないが、その頃の私は基礎体温表を手にして、しょっちゅう一喜一憂していた。妊娠したと思ったら、しばらくして生理が来て、がっくりということのくりかえしだった。そんな私を見て、あるとき医者は言った。

「この表を見ると、排卵のある月とない月があるようですね。そんなに早く妊娠を望んでいるのならば排卵誘発剤を使いましょう」

「はい！」

妊娠をあせっていた私は、その場で排卵誘発剤を使うことに決めた。

「これできっと妊娠できる。よかった」

排卵誘発剤を使うと双子の赤ちゃんができる可能性があるというくらいの知識は私ももっていた。でも、単純な私は、

「もし双子の赤ちゃんができたら、うれしいな。忙しくなるんやろうなあ」

と大喜びしていた。自分が双子の赤ちゃんにかこまれている姿を想像すると、それだけ

で顔がほころんできた。

ところが排卵誘発剤を飲んで三、四カ月たっても妊娠しない。すると医者は「もう一錠、増やしましょう」といって排卵誘発剤の量を増やした。私はそのときもなんの疑いももたなかった。「妊娠できるんなら、もう一錠飲んでもいいやんか」と素直に医者に言われた量を飲みつづけた。

ところが、処方された量を飲み終えた翌日、突然、私のからだに異変が起きた。夜七時頃から急におなかが痛くなってきた。下痢でもないし、便秘でもないのに、どうしてこんなに痛いのかわからない。それでも、痛みに鈍感な私は、翌朝になれば痛みも治まるだろうと、早めに寝てしまった。しかし、朝になっても、まだ痛みは治まらない。それどころか痛みはますます増している。これは変だと思って近所の内科にかけこんだ。

医者は私を触診して言った。

「腹膜炎を起こしていますね。きっと盲腸でしょう」

点滴でも治るかもしれないが、手術をしたほうがいいと言われた。でも、入院設備のない病院だったので、施設の整っている病院に紹介状を書いてもらうことになった。

盲腸かもしれないというのに、痛みに鈍い私は紹介状をもって、自分で車を運転して病院に向かった。

　病院に着くと、さっそくエコー検査をされた。

「だいぶ腹水がたまってますね。手術は今日します？　それとも明日します？」と言われ、さっさと終わらせたかった私は「今日お願いします」と即答し、すぐに手術の準備に取りかかった。

　部分麻酔だったので、手術室でも意識ははっきりしていた。手術が始まり、下腹部にメスが入ったとたん、医者と看護師が「わあ！」と声を上げた。その声にびっくりした私は、何を言われるのかと待った。すると医者はなんと、

「道志さん、右の卵巣破裂してます」と言った。

「えっ？」

　あとで知ったことだが、腹水だと思っていたのは卵巣からの出血だったらしい。切開したとたん、血が飛び出してきたので思わず手術スタッフもびっくりしたらしいのだ。

「盲腸じゃなかったみたいですね。破裂した卵巣ですが、産婦人科だったら縫合できるんだけど、ここは外科なんで、おなかを切り直して摘出しますね」

　まな板の上の鯉状態の私はなんと答えていいかわからず、「は……はい」としか言えない。

でも、「待てよ、卵巣とってしまったら子どもできなくなるんちゃう?」と心の中で叫んでいた。

そんな私の気持ちとは関係なく手術は進んでいく。

「盲腸もついでに摘出しておきますね」

「はい……」

時間だけが流れていく。しかし、その時間もあまり長くはかけられないのだ。盲腸摘出のために必要な量の麻酔しか投与されていなかったからだ。

「麻酔、もつかなあ……痛くなったらすぐ言ってくださいね」と医者。

ひえー、そんなこわいこと言わんといて。はよ終わってー。手術中に麻酔が切れるなんて想像したくもなかった。

幸いなことに、麻酔が切れる前に手術は終わった。術後の説明によると、出血は一〇〇〇から二〇〇〇ccに及び、もし翌日に手術していたらショック死していたかもしれないとのこと。危なかった。

あとで調べてわかったことだが、排卵誘発剤の副作用で、私のからだは卵巣過剰刺激症候群(卵巣が大きく腫れて、腹水がたまる病気。重篤な場合は、呼吸困難や肺水腫、卵巣破裂などを起こす）を発症していたのだ。そんな副作用があるなど、まったく知らずにいたのだった。

やっぱり、子どもがほしい

とりあえず命は助かった。でも、あんなに子どもがほしかったのに、卵巣を一個失ってしまった。そこで落ち込まないのは根が楽天家だからかもしれない。失ってしまったものはしょうがない。まだ一つ卵巣は残っているのだから、妊娠できる可能性はある。

とはいえ心配なこともあった。また排卵誘発剤を飲んで卵巣が破裂してしまったら、こんどこそ一生子どもを産めなくなる。それを思うと、なかなか不妊治療に踏み切れなかった。おなかを見ると、子どもを産んだわけでもないのに、おへその下から長さ十センチほどの傷跡がある。それを見るたびに、「もう子どもができないのか」と思ってつらくなった。

一年が過ぎた頃だった。

「このままでいいんやろか。いや、あかん、あかん。やっぱり子どもがほしい」そう思う気持ちがつのってきて、私はもう一度、不妊治療にチャレンジすることにした。幸い、隣の市の病院は不妊治療で有名だった。

私は最後の賭けのような気持ちで診察にのぞみ、これまでの経緯をすべて先生に話して、主人の協力を得て、夫婦で一から治療を開始した。基礎体温表をつけ、週に一度、ホルモン注射を打ち、排卵が近づくと卵胞の大きさを測り、受精のタイミングを調べた。人工授精も何度も試みた。そうやって一年が経過し、やがて二年が過ぎた。けれども、いつまでたっても妊娠しなかった。

私は気持ちを切り替えるために、アナウンススクールに通うことにした。しかし生活の比重は不妊治療を中心にまわっていたので、スクールに通うのは週に一回夜のレッスンのみ。いつ訪れるかわからない排卵日に備えておく必要があった。こうして不妊治療をしながら、ホテルで結婚式の司会やＣＭのナレーションの仕事をちょこちょことこなしていた。

そんなあるとき、結婚式場のホテルマンが私に言った。

「こんな仕事してないで、早く子どもつくったらええのに。子どもはいいで」

ぐさっときた。でも、そこは大人だし、顔はにこにこしながら、

「そうですね。私も子どもができたら引退するつもりです」とさらりと言った。

だが、内心では、「私だって早く子どもがほしい。でも、できないねん。卵巣破裂した

こと教えよか。それでもほしくて仕方ないから、いまも挑戦しつづけてんねん！」

と叫んでいた。

不妊治療をはじめて四年目になっても、あいかわらず妊娠はしなかった。毎月欠かさず排卵日を予想してもらって妊娠を待つという生活にも、夫婦共々疲れが見えはじめた。一方、私のアナウンスや司会の仕事は定期的に入るようになってきた。

ある日、二人で話し合った。これまでどうしても子どもがほしいと思ってがんばってきたけれど、これだけやってもできないのだから、もうあきらめたほうがいいんじゃないか。むしろ、子どものいない生活というのを考えてもいいんじゃないか。不妊治療にお金を費やし、生理が来るたびに落ち込む生活にはもう疲れていた。それより二人で働いて、お金を貯めて、旅行をしたり、おいしい食事をしたりして、二人の生活を楽しむという選択もあるんじゃないか。こうして話し合った結果、不妊治療をやめた。平成七年の十月だった。

妊娠！

それまで私たち夫婦の会話は不妊治療のことばかりだった。しかし病院に通うのをやめてから、その話題が海外旅行の計画へと変わっていった。年末には、司会者の友だちといっしょに国内旅行にも出かけた。少しずつではあるが、子どもをもたない生活に慣れていこうと努力していた。

年が明けてまもなくだった。生理が数日遅れていたので、薬局で妊娠判定薬を購入した。私にとってそれはすでに数年来の習慣だった。もっとも、一度として妊娠反応が出たことはなかったので、その日も、何も期待することなく検査をしてみた。

ところが、なにげなく結果を見てみると、いつもとちがう。

「あれっ？」と私は見入った。妊娠反応を表すしるしが出ている。

「うっそー！　えっ？　なんで？　病院行ってないやん。本当？」

びっくりした私は何度も何度も判定結果を見た。しかし、何度見直しても、まぎれもなく陽性の反応が出ている。不妊治療をやめて何カ月もたっているのに、どうしてこんなことが？　私が自然に子どもを授かるなんてありえないと思っていたのに。

すぐに確認のために病院に向かった。しかし、私が生理の始まった日を一週間勘違いしていたため、先生から「子宮外妊娠かもしれない」と言われてしまった。

私は号泣した。天国から地獄へ突き落とされた気分だった。ところが、家に帰ってよくよく確認すると、私の記憶違いだったのだ。もし、生理の日が一週間ずれていたのならば、妊娠である可能性が高い。もう一度病院に行って検査すると、まちがいなく妊娠していると確認できたのだ。

私はまた地獄から天国へと引っ張り上げられた。うれしくて、うれしくて仕方なかった。この世にこんな幸福があろうかと思われるほど、私は言葉にならないうれしさで全身が震えた。生きていてよかった。卵巣破裂でショック死しなくてよかった。とにかくよかった。

この日を境に、私は車の運転をやめた。私がどんなに注意して運転していても、他の車にぶつけられたら元も子もない。万が一事故にあって流産してしまったら、私は一生悔やんでも悔やみきれない。だから、無事出産するまで運転はいっさいしないことにした。定期検診の病院も車で行けば十分足らず、徒歩と電車なら一時間弱かかったが、私は迷わず後者を選んだ。はやばやと妊婦姿で出歩きたかったくらいだった。

そしてもうひとつ、仕事をやめた。キャンセルできる仕事はすべてキャンセルし、どうしてもしなければならない仕事は主人がついてきてくれた。

私のおなかに宿った胎児は順調になんのトラブルもなく大きくなっていった。七カ月検診のとき、エコーを見ていた先生が言った。

「どうやら女の子みたいですよ」

「やったー！」

私は女きょうだいで育ったし、できれば女の子をと思っていたからだ。その帰り道、電車を乗り継いで二時間半かけてトイザらスに行き、小さな小さなピンクの靴下を三足買った。

名前はもう決めていた。私の名前の一字をとって「弓華」（ゆみか）と名づけることにした。字画も何も考えずに決めてしまった。

「ゆみちゃ～ん、元気ですか」

しだいに大きくなってくる自分のおなかをなでながら、私は一日に何度そう呼びかけたかわからない。おなかがふくらんでいくと同時に、私の喜びもどんどん大きくふくらんでいった。弓華が生まれてくることを想像すると、なんだって楽しく感じられた。主人の帰宅が遅くても楽しい。ああ、なんてすばらしい人生なのだろう。

私は食習慣を改善して、子どもにいいとされる食材を選んで食べた。きらいだったひじきや納豆も食べられるようになった。料理もいろいろ覚えた。育児書を読んで、子どもの成長について勉強した。その育児書の中にダウン症児についての記述があった。私はなにげなく、それを読み飛ばしていた。

「へえー、ダウン症って知的障害が出る病気なんや。染色体異常？　なんやそれ？　千人に一人？　まっ、ええか。私には関係ないわ」

そして気にとめることもなく、次のページをめくっていた。おなかにいた我が子がダウン症よりも、ずっと重い障害を抱えていたことなど、そのときの私には知るよしもなかった。

三十歳の夏だった。

弓華誕生

妊娠九カ月のとき、里帰り出産のために実家に帰った。そのとき、出産経験のある姉が私のおなかを見て「おなか、ちっちゃーい」と言った。臨月にしては小さいというのだが、妊娠したのが初めての私には、ぴんとこなかった。

「体重制限を守っていたからやん」と冗談めかして答えた。

あとから知ったことだが、染色体異常のある胎児は健常児と同じようにトラブルなく成長するのだが、流産しやすく、また臨月になると体重が増えにくいという。しかし、私も産婦人科の先生もそんなことにはまったく気づいていなかった。

予定日まであと十日くらいになったとき陣痛が始まった。私にとっては最初の陣痛だった。そこで病院に行って予想体重を見てもらったら二二〇〇グラムだった。予定日がすぐなので二五〇〇グラム以上はあるだろうと思っていた先生は首を傾げた。

「あれ、ちょっと小さいねえ」

私もそれを聞いて少し不安になった。また陣痛が始まったものの、ふつうは痛みと痛みの間隔が短くなってくると聞いていたのに、そんなことはなく、ずーっと鈍い痛みがつづいていた。鈍い陣痛は一日たっても、二日たっても同じだった。三日目には心音が一瞬聞こえなくなるという出来事があった。心音はすぐに回復したので、私も看護師さんもほっとしたのだが、陣痛はなおも鈍くつづいた。こうして五日間つづいた陣痛の末、破水が起きた。

いよいよ、生まれる！

万が一に備えて、ベッドのそばには酸素吸入装置が用意してあった。あとから思うと、先生は心音が一瞬聞こえなくなったことを知って、ダウン症の子が生まれてくるかもしれないと思っていたようだった。そんな不安の中で弓華はついに生まれてきた。

ところが、元気のいい泣き声が聞こえない。赤ちゃんの誕生とともに分娩室を満たすはずなのに。

「あれ、泣かんねえ」と先生が言った。

へその緒を切って、先生が逆さにしてふったところ、「ふにゃあ」と小さな声がした。

その声を聞いた瞬間、歓喜の涙がこみ上げてきた。私は大声を上げて泣き出した。その様子を見て、先生があわてて、

「大丈夫だから、大丈夫だから」と声をかけてくれた。すでに、この子が異常を抱えて生まれてきたことに気づいていた先生は、母親の私もまたそのことに気づいて泣いていると勘違いしたらしかった。

ちがうのだ。私はうれしくて、うれしくて泣いていたのだ。よく、生まれてきてくれた。本当にありがとう、そんな喜びに満たされて自然に涙があふれてきたのだ。

看護師さんが処置をしたあと、弓華に私のおっぱいを吸わせようとした。しかし、弓華は吸おうとしない。か細い声をたてるのにも疲れたのか、目をつぶってぐったりしている。

「吸わないねえ」という看護師さんに、私は「いいです。しんどいんやろうから」と言っ

た。そこで弓華は保育器へ入れられた。

私は大満足だった。ベッドの上で長い長い出産の疲れを癒しながら、本当に子どもが生まれたんだ、私の子が生まれたんだ、という喜びを何度も噛みしめては、幸福感に浸った。

平成八年九月四日の朝だった。

「最後に抱っこしてあげて……」

その日の夕方、先生がやってきた。

「赤ちゃん、ちょっと元気ないみたいですね」

と言う。そのあとチアノーゼのチェックをしたところ、陽性反応が出たとも聞いたが、私は弓華に異常があるらしいなど思いもよらず、ひたすら弓華が生まれた喜びの余韻に浸っていた。

弓華がふつうの子とちがうらしいというのに気づいたのは、その晩、先生からミルクの代わりに与えた糖水を吐いてしまったと聞いたときだった。先生は、

「なんともないと思うけど、ちょっと心配なので、大きな病院で診てもらいましょう」

と言った。

その言葉に私は胸騒ぎを覚えた。私は先生に呼ばれて、弓華のところへ行った。二二三八グラムの弓華はとても小さく見えた。そばにはこれから別の病院へ弓華を運ぶための小さな箱がある。そのとき先生がこう言ったのだ。

「いまから赤ちゃんを運びますけれど、その前にお母さん、最後に抱っこしてあげて」

その言葉を聞いた瞬間、私にはすべての事情がやっと呑み込めた。

なぜ先生は「最後に抱っこしてあげて」と言ったのか。それは、本当にこれが最後の抱っこになる可能性があるからだ、と私にはわかった。それは私にとって弓華が生まれて初めての抱っこだった。でも、それがひょっとしたら本当に最後の抱っこになってしまうかもしれない。

そんな異常事態に、なんで、いままで私は気づかなかったんだろう。

陣痛のときに心音が途切れても、生まれてきてすぐ泣かなくても、おっぱいを吸わなくても、私はそれでも弓華が生に向かって歩んでいると信じて疑わなかった。ところが、じつはそうではないかもしれないのだ。先ほどまでの天にも昇る気持ちが、いまや奈落の底に落とされるような絶望と悔しさに変わっていた。

私は泣き出した。まだ何もはっきりしていないのに、悲しくて、悲しくて、泣かずにはいられなかった。

私はまだ動けなかったので、大きな病院へは私の両親が付き添っていった。検査の結果、弓華には心臓に穴が空いていることがわかった。ミルクが飲めないのもそのためだった。また、心臓疾患からくるチアノーゼのために爪が真っ黒に変色していた。あとで聞いたのだが、私の両親は、「今日が峠です」というようなことを聞かされていたらしい。病院から戻ってきた両親は私を悲しませないために、なんともないふりをしていたが、二人とも目が真っ赤だった。長いこと泣きはらした後であることは、私にもわかった。

そうか、弓華はそんなによくないのか、と私はますます悲しくなった。

弓華の生まれた翌日、主人がやってきた。すでに弓華のことは聞いていたようだった。主人と病室で二人きりになると、二人で泣き崩れた。でも、私も私の家族もプラス思考のタイプなので、心臓の穴くらいなんや、手術すれば治せるやん、とつとめて前向きに考えようとした。

そのときは、問題は心臓だけだと思っていたのだ。

染色体検査を受ける

弓華が生まれて三日目、先生から主人と私に「お子さんは染色体異常の可能性がありま す。ひょっとしたらダウン症かもしれません。くわしく調べてみたほうがいいと思いま す」という説明があった。

心臓に穴が空いていることはわかったが、そのほかにも弓華にはふつうの赤ちゃんとちがうところがあった。耳や顎の形など、小さな奇形がたくさんあった。健康な赤ちゃんは、生まれてまもないうちでも手をグーにして握ることができる。でも、弓華のそれは通常のグーの形ではなかった。どうしても指が交差してしまうのだ。こうした症状は染色体異常の可能性があるというのである。

ダウン症という言葉を聞いて、私は育児書でダウン症についてのページを読み流したことを思い出した。あのときは人ごとだと思っていたけれど、そうじゃなくなるかもしれない。

私はもう一度、そのページをじっくり読み直した。ダウン症のような染色体異常では知的障害が現れることもあると知った。恥ずかしい話だが、無知な私はそれまで生まれつきの障害児という子どもたちが存在することを知らなかった。障害というのは怪我や病気でなるものだと思っていたほどなのだ。

それでも、まだ私は、弓華は心臓の疾患を抱えているだけなのだと思いたかった。

五日目に退院した私は、それから毎日ビデオを手に弓華の病院に通った。面会は一回十五分にかぎられていたが、その間、私はほとんど動くことも泣くこともない我が子をじっと撮影して、家に帰ると、そのテープを見るというのをくりかえした。弓華がかわいくて、たまらなかった。

約四週間後、染色体異常の検査結果が出た。私のはかない期待に反して、弓華は染色体異常を抱えていたことがわかった。それもダウン症ではなかった。先生から告げられたのは、14トリソミーという聞き慣れない病名だった。

14トリソミーってなに？

少し専門的な話になるが、染色体異常とはどういうことなのか、私自身が教えられたこと、本で知ったことに簡単にふれておきたい。先生の説明によると、ヒトの染色体は全部で二十三対、計四十六本あるという。これらの染色体を通じて、両親から子どもへとさまざまな遺伝情報が伝わるのである。もし、この染色体に異常があると、正常な発達がうまくいかず障害を抱えることになる。この二十三対のうち、どの染色体に異常があるかによって、その症状も異なるのだという。

ダウン症は二十一番目の染色体が一本よぶんに、つまり計三本ある（これをトリソミーという）ことによって起きる病気だ。つまり、ダウン症とは、別名、21トリソミーとも呼ばれるのである。

しかし、弓華が抱えていた染色体異常はダウン症（21トリソミー）ではなく、14トリソミーというものらしい。これは十四番目の染色体が一本よぶんにあるという症例だというが、この本のはじめにも書いたように、世界的に見ても、ものすごく珍しい病気なのだという。13トリソミーとか18トリソミーというのは、比較的見られる症例だが、14トリソミーの患者というのは、これまで世界でも三十数例しか報告がなされていないという。

それしか報告のない、たいへん珍しい病気なので、先生にとっても弓華は初めて出会った14トリソミーの患者だった。先生は言った。

「14トリソミーはたいへんまれな症例です。ダウン症ならたくさん症例があるので、どうなるかある程度わかるのですが、14トリソミーの場合、ほとんど症例がないので、この先、どうなるか私にもわかりません。それは正直に言えば、どうなるかわかるまで生きた人がいないからです」

先生の説明では、14トリソミーの子どもはほとんどの場合、死産してしまうので、生きて生まれてくることが奇跡に近いという。三十数例のうち、いちばん長く生きた人は二十七歳だという。それも、その人は心臓疾患がなかったので、そこまで生きることができたらしい。

でも、弓華は14トリソミーのうえ、心臓に穴が空いているのだ。

生まれてきてくれたことに感謝

さすがの私もこれには打ちのめされた。

心臓に穴が空いているだけなら、手術して治せばいい。でも、染色体異常、それも世界で三十数例しか報告例がなく、どうなるかわからない、しかもまずまちがいなく長くは生きられない、という話を聞いて、私はもう泣くしかなかった。ずっと、ずっと泣きつづけていた。

見かねた主人が言った。

「いったい、いつまで泣いてんの。ゆみちゃんが生まれてこんほうがよかったん？」

私は何も考えられなかったので「わからん」と言った。すると、主人が言った。

「わからんって、どういうことなん？　生まれてきてよかったやん。だって考えてみ。先生はふつうやったら、まちがいなく流産してたと言うたんやろ。それが生まれてきたんやで。もし、ゆみちゃんがおなかの中にいたまま流産してたら、ママはせめて顔が見たかったと絶対思ったはずや。それがちゃんと生きて生まれてきて、顔が見られたんやで。それでもう一カ月も生きてるやん」

「……」

「もし、ゆみちゃんの病気がおなかの中にいるときにわかったとしても、ママは絶対、流産させたくなかったと思うわ。どんな子であっても、絶対にほしいいて言うわ。もし流産してたら、きっと顔が見たかったとずっと後悔していたはずや。それがちゃんと生まれてきて、泣いたりしてるんやで。そう思ったら、いまがいいんちゃう？」

それを聞いて、私は、たしかにそうやったやろなあ、どんな子であっても私は生むやろなと思った。なぜなら、弓華が生まれたとき、あんなにうれしかったのだから。冷静になってみると、主人の言うとおりだった。

こうして生まれてきてくれた。それだけで私はすごく幸せになれた。一日生きてくれればそれだけ幸せになれた。生まれてこなかったら、その幸せもなかったのだ。たとえ一日でも長く生きてくれることには感謝しなくてはなあ、と私は思った。

主人の言葉がきっかけとなって、私はふたたび上を向いた。世界ががらりと変わった気がした。ひょっとしたらいまが奈落のいちばん底かも知れない。ここから下はもうないのだ。あとは上るだけだった。

実際、それから先、たいへんなことはたくさんあっても、弓華との日々はいつも楽しく幸福な日々に感じられた。強がりでも、カラ元気でもなく、それからの私はぶれなくなった。

弓華が長く生きられないことはもうわかっていた。あるいは来週にも、ことによると明日にでも死んでしまうかもしれない。でも、それだからこそ、それまでの一分でも一秒でも弓華と過ごす幸せを大切にしたい。だいたい、ふつうなら生まれることすらできない病気を背負っていながら、生まれてこられたのだ。それだけでも奇跡的なことなのだ。私の中に弓華への感謝の気持ちがこみ上げてきた。苦労して生まれてきてくれたこの子を大切にしよう。できることはなんだってしてあげよう。そう私は誓った。

弓華はたいへんな強運の持ち主だし、私もまた途方もなくラッキーだったのだ。私は素直にそんなふうに考えるようになっていた。

大阪へ

弓華の入院は一カ月にわたった。その間に先生から弓華の症状について説明を受けた。先生によると、弓華の心臓にはファロー四徴症という病気と、心房中隔欠損と動脈管開存という症状があり、さらにもう一つ小さな穴が空いているという。これらの症状のせいで、肺に流れるはずの血液が大動脈に流れてしまい、そのため全身に酸素がいきわたらず、チアノーゼを起こしてしまうというのである。実際、弓華は泣くたびに激しいチアノーゼを起こしていた。

さらに腎臓もふつうではなかった。弓華の腎臓は通常の三分の二ほどの大きさしかなかった。しかも、その機能もどんどん低下しているとのことだった。腎臓の機能を表す目安として尿の中に含まれるクレアチニンという物質があるという。これはおしっこの中の毒素のたまり具合を表しているそうだ。クレアチニンの数値は健康な大人で一・〇以下、新生児であったら〇・一以下とされているらしい。ところが、弓華のクレアチニンの数値は生まれてまもないにもかかわらず、三・六から四・二に達していた。これは相当に異常な状態だった。

このときお医者さんは、「母乳がいちばんいいですから、母乳をあげてください」と言った。そこで私は一生懸命搾乳しては、少しでも元気になってほしいという願いを込めて弓華に与えた。

いったい、いつ弓華は退院できるのだろう。

あるとき、私は先生に聞いた。すると、先生は「退院も夢ではありません」と言った。「やった!」と私は思った。だが、待てよ。「夢ではありません」ということは、じつは退院できる可能性はきわめて低いということではないか。

そんなとき妊娠中にお世話になった大阪の病院の看護師さんから、誕生祝いの品が贈られてきた。それは幼児用のミキハウスのかわいらしい服だった。すでにこのときには覚悟ができていたものの、その愛らしい服を見ると、弓華はこの服が着られるようになるまで生きていてくれるだろうかと思わずにはいられなかった。

　予断を許さない状況でありながら、弓華はがんばって、一カ月後、私といっしょに主人のいる大阪に帰ることになった。といっても、大阪で別の病院に転院することになるのだが。ふつうの状態ではないので、救急車で空港まで行き、酸素マスクを持ち、ドクターの付き添いつきで飛行機で富山から大阪へ飛んだ。機中ではずっと泣きっぱなしだった。泣くと、チアノーゼの症状が起こって、全身が真っ黒になった。

　大阪の病院は、重い病気を抱える小児をあつかう専門の病院だった。私は心強い気持ちになった。ところが、そこでわかったのは、母乳は腎臓によくないということだった。「母乳は元気の源だから」と言われて、せっせと血が出るほど搾乳しては弓華にあげていた私は、かえって弓華の腎臓を悪くしていたのだ。なんていうことだろう。

「でも、特殊な調合をしたミルクに替えたら、たぶん腎臓は落ち着くと思います」

　と大阪の病院の先生は言った。

　私は「転院してよかった」と思った。

　新しいミルクに替えたところ、弓華の腎臓はみるみる落ち着いてきた。それまでぐったりして、あまりに泣かなかった弓華が、おなかが空くと「ふにゃー」と泣くようになった。

けっして力強い泣き方ではなかったけれど、私はその声を聞くとうれしくなった。

しかし、一つ困ったことがあった。心臓に病気を抱えていた弓華は、泣くと肺動脈がますます狭くなってしまって、肺に血が流れなくなる。すると、急激なチアノーゼを起こしてしまい、ひどいときには失神してしまうばかりか、そのままにしておくと酸素不足で命にかかわることになるのだ。

だから泣き声を上げるのはうれしい反面、すぐに泣きやませなければということで、あやすのに必死になった。泣いたら、すぐに抱っこして、泣きやませる。弓華はそのままにしておくと発作を起こすまで思い切り泣くたちだったから、私もいつでも弓華を抱き上げられるよう片時もそばを離れなかった。

夢だと言われた退院が現実に

大阪にやってきて二カ月ほどたった頃、クリスマスが近づいていた。特殊なミルクに替えてから、腎臓は落ち着き、ミルクの量も増えていった。

この分ならば、家でも弓華の面倒を見られるのではないか、と私は思うようになった。

富山では「夢ではない」と言われた退院が、大阪にやってきてついに現実のものになろうとしていた。生まれて最初のクリスマスを、弓華といっしょに自宅で迎えることができるのだ。

顎が小さく、舌が大きいという障害を抱えていた弓華は、口からミルクを飲むことは苦手だった。そこで病院では鼻からチューブを入れて、胃に直接ミルクを流し込んでいたのだが、鼻のチューブは定期的に交換しなくてはならず、弓華はそれをいやがった。

そこで私はチューブではなく口からミルクを飲ませてあげた。ただ、飲むのが苦手な弓華は、たった五〇ミリリットルのミルクを飲むのに一時間かかる。ふつうの赤ちゃんなら、そのあと背中をたたいてげっぷを出すが、弓華はげっぷもうまく出せず、やはりそのあと一時間くらいかけて、ちょっとずつ、げっぷを出してやらなくてはならなかった。

するとと満足したのか弓華はそのあと一時間眠る。そのあと泣いて起きると、すぐに抱っこ、一時間かけてミルク、一時間かけてげっぷ、一時間眠る、このパターンが二十四時間、昼も夜もなく毎日毎日くりかえされた。たとえ眠っていても、なにかのきっかけで弓華は「ふにゃー」と泣き出す。すると、どんなに疲れていても、私は本能的に目がパッと覚めて、弓華を抱き上げているのだった。思い返してみると、あの頃の私はまとめて二時間以上寝たことはほとんどなかったように思う。

その後、口からミルクをあげるよりも、鼻からチューブを入れて、そこからミルクと薬をきちんとあげたほうが、弓華にとっても楽だということに気がついた。チューブの交換は週に一回。ただし、交換中に弓華が泣き出して発作を起こしたらたいへんなので、毎週病院に行って、そこで先生や看護師さんの立ち会いの下、私が交換した。

なぜ、私が交換していたかというと、先生も看護師さんたちも弓華が交換中に泣き出して、全身が真っ黒になるのをこわがっていたからだった。

なにしろ泣いて無酸素発作を起こすのがこわいので、私はなにをしているときでも弓華のそばにいた。洗濯物を干すときやお料理をしているときはもちろん、トイレに行くときも扉を開けっ放しにしたまま弓華に話しかけていた。そして、ちょっとでも泣き始めると、すぐに抱っこした。いつもいつも抱いていたものだから、私はついに腱鞘炎になってしまったほどだった。

腱鞘炎はさすがに痛かったけれど、それをつらいとはあまり思わなかった。私にとって弓華といることが楽しかった。弓華を抱いていろんな家事をしながら、時間があるといつも弓華をビデオに撮っていた。

笑うようになった弓華

退院してまもなくだったと思う。いつもいっしょにいるようになったせいか、弓華は笑うようになった。やはりそばにいると安心するのかもしれない。

でも、目線はほとんど合わなかった。弓華には斜視があり、どこを見ているのかわからなかったし、ふつうの赤ちゃんがするように動く物を目で追うこともしなかった。でも、笑うときは私が近くにいるときだったから、私がそばにいていろいろ話しかけるのがうれしかったのだと思う。

「ゆみちゃん、おなかすいた?」「ゆみちゃん、おいしい?」と独り言のように私はしょっちゅう声をかけていた。

のちに五歳くらいになってからは、ごくたまに目が合って笑うときがあった。でも、それは三年間で二十回くらいだったように思う。私の目を見ることも、話すこともできなかった弓華だったので、私にとって反応がないのは当たり前だった。それでも、弓華が笑うようになったのは、私がいつも声をかけつづけていたからだと思う。

あるお母さんに「うちの子、楽よ。ゆみちゃんは、たいへんね」と言われたことがある。

大阪の実家近くを散歩

たしかに弓華は喜怒哀楽が激しかった。一方、その子はほとんど外出もせず、家の中での生活が中心だった。

弓華もひょっとして私が外に出さず、声もかけなかったら、そんな手のかからない子になったのかもしれない。

でも、私は弓華に話しかけたかったし、弓華と外に出たかった。だから退院してからは、なにかといっしょに外に出かけた。主人が夜遅く帰ってくるときは、弓華を抱いて駅まで迎えに行った。夜中にむずかるときは、弓華をベビーカーに乗せてコンビニまで買い物にも行った。

外に出ることで抵抗力をつけてあげたかったし、それは弓華にとっても刺激になるはずだと思った。おかげで弓華は外が大好きになった。家できげんが悪いときでも、外に出るとぴたりと泣きやみ、ごきげんになった。

外に出始めたのが冬だったためか、弓華は寒さに強かった。外出していちばんのお気に入りの場所はスーパーの冷凍食品売り場だった。ベビーカーに乗せて冷凍食品売り場の前に来ると、かならず笑うのだ。あのひんやりとした冷気が気持ちよく感じられたのかもしれない。私にとっても、広い店内を歩き回るのは楽しかった。弓華の服や、自分の服を選んだり、食べ物の献立を考えたりしながら、弓華に話しかけて、広い通路を歩く。

弓華と私の大事な時間だった。

気管切開をすすめられる

弓華が五カ月くらいのときだった。呼吸がとてもつらそうなので、病院の耳鼻科で診てもらったところ、食道の入り口に血管腫ができているのがわかった。

「これがじゃまをして呼吸がしにくいのかもしれない」

と先生は言う。しかも、血管腫は成長しているようなので、このまま放っておいた場合、ひょっとして息を吸ったときに気道をふさいでしまうかもしれない。

このままでは弓華は窒息していつ死んでしまうかわからない。ひょっとしたら明日にもそうなる可能性がある、という。

「どうすればいいのですか」私は聞いた。

「気管切開をしたほうがいいかもしれません」と先生が言った。

もし気管切開をしたら、弓華は声を出せなくなる。たとえ泣いたときも、声が出なくなる。しかし、これは一大事だ。弓華にとって泣くことは命にかかわる。泣いたら、すぐに抱き上げて泣きやませないと、心臓発作を起こしてしまうからだ。けれども、気管切開をしたら、弓華が泣いてもその声が聞こえない。そうなると、私は二十四時間、弓華が泣いているかどうか目でずっと観察していなくてはならない。

これは私にとって究極の選択だった。

重い病気を抱えた子どもたちの多いその病院では、気管切開をしている子はけっこういた。しかし、弓華は泣いたらすぐ泣きやませないと心臓発作を起こす、かといってこのままにしていたら一週間後に血管腫によって呼吸が遮られてしまうかもしれない。どっちにしても命にかかわる。

私はさんざん悩んだ。そしてやはり気管切開をやめることにした。

この選択は正しかった。その後、血管腫の成長が止まり、弓華の呼吸を遮らずにすんだのだ。しかも、それから数年後、血管腫はいつのまにかなくなっていたのだった。

第2章　章真がやってきた！

弓華にきょうだいができた

毎日、弓華にかかりっきりだったけれど、私はもう一人子どもがほしかった。弓華のためにもきょうだいがほしかった。

あるとき産婦人科で聞いてみると、これまでの経緯から見ても、自然妊娠はむずかしい、体外受精しかないだろう、と言われた。弓華が生まれただけでも奇跡だったのだから、そう言われるのは当然だろう。

でも、体外受精するには診察や処置で結局一日仕事になってしまう。そのためには弓華をだれかに預けなくてはならない。しかし、泣いたら発作を起こして命にかかわるという爆弾を背負っている弓華を、人には預けられない。たとえ私の両親であっても、それはできなかった。二人目はあきらめるしかなかった。

ところがあるとき、食事をした後に吐き気をもよおしてきたことがあった。しかし、同じものを食べた主人はなんともない。おかしいな、どうして私だけと不思議に思った。そのとき、「ひょっとして、つわり?」という考えが浮かんだ。まさか、そんなことと思いつつ、少し期待して妊娠検査薬で調べてみた。すると、弓華のときと同じく、妊娠反応が出ている!

翌日、私は病院へ行った。診察してもらうと、たしかに妊娠だった。つぎの子がほしいなあとは思っていたものの、まさか、本当にできるとは思わなかったので、うれしくてたまらなかった。

想像してみれば弓華の世話だけでもたいへんなのに、二人目が生まれたらそれこそ火のついたような忙しさになるはずだった。でも、そのときは、そんなことは何も考えず、ただただ、うれしくて仕方なかった。弓華に弟か妹ができるのだ。家族がもう一人増えるのだ。そう思うと、わくわくしてきた。

弓華は一歳になっていた。いつもいつも抱いていたものだから、弓華も私が抱いていないと泣きやまなくなった。けれども、私のおなかがだんだん大きくなってくると、さすがに立って抱っこするのがつらくなってきた。だからといってすわったままだと弓華は泣く。

立って、歩き回っていれば弓華はごきげんなのだが、私の体重が増えてくるにしたがって、それがとてもつらくなってきた。とくに負担は腰に来た。

痛くて立てない。でも、弓華は私が立たないと泣く。立とうとするとつらくて涙が出てくるほど痛い。でも、もしここで私が立てなくて、そのために弓華が泣いて発作を起こして死んでしまったら、私は一生悔やんでも悔やみきれない。

私も痛みに泣きながらあとは気力だけで立ち上がったのだった。

ストレスフリーな私

私は一年以上、弓華と二人だけで向き合う生活をつづけていた。でも、そう言うと、友だちに「どうやってストレス発散するの？」とか「悩みを相談できる相手がいなくてたいへんだったんじゃないの？」と不思議がられたものだ。

でも、強がりでも何でもなく、あの頃の私はそれほどストレスを感じていなかったのだと思う。たしかに腰が痛いのはつらかったけれど、だからといって、それをストレスとは意識していなかった気がする。たぶん、それも根が単純だからかもしれない。

実際、愚痴を言おうにも、あまりに忙しくて、そんなことにかまけているゆとりもなかった。こっちが泣きたいと思う前に、弓華が泣き出すことのほうがたいへんだった。なにしろ、私は泣いても死なないけれど、弓華は泣きつづけたら死んでしまうのだから。

いちばん身近にいる主人にすら、私はたぶん愚痴をこぼしたり、弱音を吐いたりしたことはなかったように思う。弱音を吐くまいと思って、そうしていたのではなく、ただ単純にそう感じていなかったからだ。私は弓華といることが楽しかった。だから、どんなに忙しくても、その合間に弓華の写真を撮ったり、ビデオを撮ったりして、それを自分で楽しんでいた。

いま振り返ってみると、あの頃私はつねに弓華のことが頭にあったから、ほかのことに集中するということができなかった。苦しいことやつらいことがあっても、その感情の中に没頭するゆとりさえなかった。新聞もまったく読まなかった。弓華に歌をうたってあげながらテレビを見たり、弓華を抱きながらマニキュアをつけたりというふうに、つねに弓華の世話をしながら、他のことをするというのが当たり前になっていた。それが結果的に私のストレス発散になっていたのかもしれない。

同じ頃、私はホームページを立ち上げた。弓華が14トリソミーという、ひじょうに症例の少ない病気にかかっているということから、私はそのことを多くの人に知ってほしいという軽い気持ちでホームページ作りに取り組んだ。当時はホームページをつくるソフトもむずかしいものしかなかった。いま思うと、どうやってやったのか自分でもわからないのだが、深夜、眠らない弓華を左腕に抱きながら、右手でマウスをクリックしつつ、こつこつ作っていったことを覚えている。タイトルは私の名前のマユミとユミカの名をくっつけて「マユミカのホームページ」とした。

ホームページを公開すると、それなりに反響があった。中には、そんなに症例の少ない病気ならば、もっと広く世界から情報を集めたほうがいいということで、私のページを英語に翻訳してくださった方もいた。するとその英語版のホームページを見たアメリカの方からメールが来た。また、14トリソミーの疑いがあるという子どもをもつ方、さらに14トリソミーではないけれど染色体異常の子どもをもつ方などからも、次々とメールが来るようになった。

正直なところ、私はあわてた。強い使命感から始めたページというよりも、深夜の時間を過ごすために、どちらかといえば軽い気持ちで始めたホームページだった。たしかに、14トリソミーという弓華の症例は深刻で重いものだが、その私の苦しみを分かち合ってほしいという思いではまったくなかった。私は弓華との生活をつらいと思ったことはないし、人に愚痴を言いたいと思ったこともなかった。でも、私のページを見た方たちは、私の立場をとても深刻なものとして受け取ったのかもしれない。

それは仕方がないが、こんなにメールが来ると、一通一通きちんと返事を書かなくてはならない。そのほうが私にはたいへんだった。時間がたっぷりあれば別だが、実際はめまぐるしい毎日だった。私は来たメールには返事を出したが、これ以上はつづけられないと思って、お詫びの告知をしてホームページを閉めた。

堺市にお引っ越し

妊娠がわかる三カ月ほど前の十二月、弓華の病院で知り合った方に、障害児をもつお母さんたち同士の食事会に誘われたことがある。それまで私は障害児をもつお母さんたちと仲良くなるきっかけがほとんどなかったので、よい機会だと思って参加することにした。弓華は主人に預かってもらった。

食事会の場所は堺市だった。このとき、たまたま、その席にいたお母さんの一人に、

「堺はいいよ。障害児の施設もあるし、いいところだからおいでよ」

と言われた。その頃、私たちは泉大津というところに住んでいたのだけれど、堺市ならば病院も近い。施設もあるのなら、弓華と通うことだってできる。

そう思うと、単純な私は、もう堺市に引っ越したくて仕方なくなった。さっそく主人に相談すると、私の言うことならたいてい聞いてくれる主人は「いいよ」と言ってくれた。

やった！

こうして食事会に参加して二カ月後、私たちは堺市に引っ越した。平成十年の二月だった。聞いていた障害児のための療育施設にも、入園の手続きを済ませておいた。こういうときの決断と行動には私は迷いがない。

堺市はいいところだった。病院に行くのも楽になったし、療育施設での体験も新鮮だった。そこは知的障害児と肢体不自由児が通うところで、常時介助の必要な肢体不自由児の場合は、お母さんといっしょに通う。歌をうたってもらったり、本を読んでもらったり、また、理学療法や作業療法の訓練などを行ったりするのだが、弓華の場合は訓練よりも、とにかく楽しく過ごすということを第一に置きたかったので、訓練はやめてもらい、その時間は担当の先生が抱っこや遊びを中心に弓華の喜ぶことをたくさんしてくれた。

泣き出したら、すぐに抱っこして泣きやませないといけないので、負担のかかることはしなかった。何年、あるいは何カ月生きられるかわからない弓華にとっては、日々を楽しく、泣かないで暮らせることがいちばんだと私は思っていた。

その間にも、私のおなかは大きくなっていった。こんども弓華と同じ病気をもった子が生まれてくる可能性を考えなかったわけではない。でも、いまはとにかく目の前にいる弓華のことで懸命だったし、もし染色体異常だったら、きっと流産してしまうだろう。とにかく考えるのは生まれてからだ。そう思っていた。性別は途中で男の子だとわかった。

おなかの中で赤ちゃんが動く感覚は、弓華のときとはちがった。力強く、とても激しい。ああ、元気な子なんだな、と直感的にわかった。

発作のビデオを見てもらう

妊娠中も、弓華はときどき発作を起こした。けれども、発作を起こすのは自宅にいるときなので、あとで先生にそのことを伝えても、なかなか発作の状況をわかってもらえない。「この体重なら、あまり発作は起きないはずなんだけどな」と悠長なことをおっしゃるので、私は自宅で発作を起こしたときの様子をビデオに撮影して、先生に見せた。でも、ビデオを見せても、先生は納得いかないようだった。後になって聞いたら、弓華ほどの重い症状の子が、あれほど激しく泣くとは思わなかったそうだ。ふつうなら、しんどくてあそこまで泣けないというのだ。ところが、弓華は泣ききってしまうのだ。それには先生も驚いていた。

弓華の血中の酸素濃度を上げるため、家には酸素吸入の装置も置いてあった。けれども、酸素のチューブを入れると、それがいやで弓華は泣き出す。それじゃ結局、元も子もない。それに酸素をつけていたら抱き上げて動き回ることもできない。それでは何にもならないので、ふだんは使っていなかった。

ただ、どうしても酸素を必要とするときもあったので、外出のときに酸素のボンベも持っていくことがあった。

ある雨の日、病院に診察に行くときなど、傘をさして、弓華を抱っこして、酸素ボンベを持って、さらに妊娠中の大きなおなかで歩くのは、なかなかたいへんだった。しかも弓華は私の髪を引っぱる癖があり、それは私の両手がふさがれているときも同じであった。

でも、そんな状況を楽しみながら、私は二度目の妊娠生活を送っていた。

章真誕生

いよいよ出産予定日が近づいてきた。さすがに出産のときは弓華といっしょにいるわけにはいかないので、病院で預かってもらうことになった。予定日よりも十日ほど遅れたものの、出産は無事にすんだ。

平成十年十月十八日。体重三四〇〇グラムの元気な男の子だった。男の子だということはすでにわかっていた。主人と私の名をとって章真という名にすることも決めてあった。

ああ、よかった、と私は心地よい満足した疲れに包まれた。

ところが、動けるようになって弓華を預かってもらっている病棟へ行くと、先生や看護師さんたちが私の顔を見るなり、

「お母さん、ゆみちゃん、こんなにたいへんだったんだねえ」

と口々に言ったものである。

預かってみたものの、こんなにすぐ泣くとは思っていなかったらしい。泣くたびにすぐに抱き上げて泣きやませなくてはならないし、ちょっとでも遅れると無酸素発作を起こすので気が気ではなかったようだ。

それまでは私がいつもにこにこ元気だったので「しんどいんですよ」と言っても、あまり信じてもらえなかったのだ。ところが実際に弓華を預かってみて、こんなにたいへんだったのかと看護師さんたちも初めてわかってくれたのだった。

この子は一時も目を離せないということで、私のいない間、弓華のベッドはナースステーションの中に置かれていた。また、ナースステーションが使えないときは病棟の弓華のベッドのそばに、かならず看護師さんがついているという体制をとっていたという。それこそ、弓華のために看護師さんたちがローテーションを組んで見ていなくてはならなかったのだ。申し訳ないことだったが、おかげで先生や看護師さんたちに弓華の実際を、よくよくわかってもらうことができた。

目のまわるような日々

弓華に章真という弟ができて、一家は四人になった。

弓華にくわえて生後まもない章真の面倒を見るのは、目のまわるような忙しさだった。

私は章真を母乳で育てたかったのだが、母乳をあげている間は弓華の面倒が見られない。

その間に弓華が泣き出すと、すぐに章真をおっぱいから離して、弓華にかからなくてはならない。満腹になる前におっぱいを離すのはかわいそうなので、結局、途中で人工乳を使わざるをえなくなった。

弓華が特別にたいへんなのとは対照的に、章真は手がかからない子だった。弓華が起きるときも寝るときもすぐ泣くのに対し、章真はほとんど泣かなかった。夜泣きもせず、夜はぐっすり寝た。ひょっとしたら、章真は、弓華にはお母さんが必要なのだという状況を子どもなりに感じていたのかもしれないと思えるほど、手のかからない赤ちゃんだった。

それでも、二人の面倒を同時に見るのはたいへんだった。

弓華が寝ている間に章真をお風呂に入れ、章真が寝ているすきに弓華をお風呂に入れるというふうに、互いの時間のすきをぬってお風呂に入れたり、トイレに行ったりした。

弓華は眠りが浅く、ちょっとした物音でも目を覚ます。だから、弓華が寝るときは静かな別の部屋に連れていき、暗くして、なるべく物音がしないよう気を使った。台所仕事も音を立てぬよう、そっと行わなくてはならなかった。ただ、いくら自分で音を立てまいとしても、外の音は止められない。中でも困ったのは選挙カーのスピーカーだった。

物音ですぐ目を覚まして泣き出す弓華だから、寝ているからといって安心はできない。

弓華の枕元にはいつも音声モニターを置いた。モニターには高感度のマイクがついていて、隣の部屋で弓華が泣き声を上げると、それがどこにいても聞こえるようにしてあった。

私がお風呂に入っているときでも、トイレに入っているときでも、このモニターをとおして、いつも弓華の様子がわかるようにしていた。もし、泣きそうな気配があると、お風呂に入っていようが、シャワーの途中であろうが、すぐさま弓華のところへかけつける。そんなことがしょっちゅうだった。

弓華は長い時間まとまって寝るという習慣がなく、夜寝て、昼起きるという生活のリズムもなかった。だから、弓華が起きているときは私もいっしょに合わせて起きていなくてはならなかった。そんなとき弓華は、ベッドの上からつり下げてあるベッドメリーやプレイジムというおもちゃを引っぱってよく遊んでいた。しかし、それ以上に弓華が気に入っていたのはウチワだった。風を送るあのウチワである。

弓華にウチワを握らせると、そのままずっと握って手放そうとしない。外へ行くときもずっとウチワを握っている。おかげで私の友だちも弓華といえばウチワを思い浮かべるくらい、ウチワは弓華のお気に入りグッズになっていた。

どうしてウチワが好きになったのだろう。思い出してみると、生まれてまもない頃から、暑いときによくウチワで弓華をあおいであげていた。涼しいのが好きな弓華は、ウチワの風を感じると気持ちよさそうにしていた。ウチワを動かすと、そこに描かれている絵が動くのが気持ちよかったのかもしれない。泣いているときでも、ウチワであおぐと泣きやむのだ。

プレイジムを引っぱったり、ウチワを振ったりしながら、夜中の一時から四時くらいまでが、弓華はゴールデンタイムさながらに覚醒している。たいていの人が熟睡している時間帯だが、弓華が起きているからには私も起きていなくてはならない。しかし、その時間帯は外は真っ暗だし、テレビをつけてもやっているのは通販の番組くらいしかない。私は弓華に話しかけたり、ミルクをあげたりしながら、長い夜を過ごす。朝方に弓華が少し眠るので、それに合わせて私も短い睡眠をとった。

こうして弓華とともに、いくつもの長い夜を過ごしていた。

発作の回数が増える

いま思うと、よくあの暮らしの中で、からだをこわさなかったものだと思うのだが、私はきっと丈夫なのだろう。友だちもあきれていて、当時は私のことを「サイボーグ」と呼んでいたほどだった（ちなみに、弓華のことは「不死身のゆみちゃん」と呼んでいた）。

ときには私も三十八度くらいの熱を出したこともあるが、だからといって休んでいるわけにはいかない。そのくらいで寝込んでいるゆとりはなかった。目の前にいつ死ぬかわからない、かわいい我が子がいるのだから。

章真は手がかからない子だったけれども、それでも、章真のおむつを換えたり、ミルクをつくったりする時間はどうしても必要である。その間、どうしても弓華を下に置かなくてはならないので、弓華が泣く回数はいやおうなく増えた。

章真がうんちをして、それを取り替えている間にも弓華が泣き出し、発作を起こしてしまう。これまでは泣いたとたんに、すぐ抱っこをしてもらっていたが、いまは少しだけ待たなくてはならない。だが、弓華の発作は待ってくれない。そうなると、たとえ章真がうんちをしていても、すぐにはおむつを取り替えてあげられない。

章真が生まれて二カ月くらいたつ頃には、どうしても弓華にかかっていられる時間が前より減ってきて、発作を起こす回数が増えてきた。それまでは数日に一回だった発作が、一日に何回も起こすようになってきたのだった。どんなにがんばっても泣きやませるのが、少し遅れてしまう。しかし、その少しが弓華の場合は、命にかかわるのだった。

それまで百パーセント弓華にかかっていたのが、七十、八十パーセントになったことで、弓華の発作の回数がてきめんに増えていった。

これ以上はもうどうしようもない。

限界を感じた私は弓華の主治医の先生に相談した。先生も、弓華の発作がどういうものか知っていた。それが即、命にかかわることも理解していた。

「手術しかないですね。でも、手術できるかどうか、ほかの先生方にも相談してみます」

と先生はおっしゃった。

弟の章真の生まれた年の十二月のことだった。

生還率は十パーセント

弓華の発作が起きないようにするためには心臓の手術が必要だった。

生まれつき心臓に空いている四つの穴を塞いで、泣いても酸素不足にならないようにしてあげることだった。

しかし、問題は弓華が手術に耐えられるかどうかだった。呼吸がうまくできない弓華に全身麻酔をかけた場合、はたして麻酔から覚めるかどうかがわからなかった。また、本来なら術前に麻酔をかけてカテーテル検査をしてどこが悪いかをはっきりさせて、そのあと一週間くらい様子を見て検討してから本番の手術をするのだという。しかし、弓華の場合は、麻酔をかけること自体にリスクがあるため、そうした手続きをとるのはかえって危ないという。

そこでもし、手術に踏み切るならば、麻酔をかける回数を減らすために、一回の麻酔で検査と手術をいっしょに行うことになるという。手術そのものは、これまでにも何度も行われているものなので、おそらく大丈夫だろうとのことだ。だが、たとえ手術は成功しても麻酔から確実に覚めるとは確信がない、と先生はおっしゃった。生還率は十パーセントくらいだという。

もし手術をしなければ、発作をこれからもひんぱんに起こすだろうけれど、何カ月かはもつだろう、と先生は言う。でも、いま手術をしたら、正直なところ、麻酔から覚めるのはむずかしいかもしれない。手術をすることで死期を早めてしまう可能性が高い。そう先生は説明してくれた。はっきりとは言わなかったけれど、先生としては、このまま手術をせずに数カ月、弓華といっしょに暮らすほうを薦めているのはわかった。

私は家に帰って主人と相談した。

弓華がいずれ死ぬのは避けられない。それは主人も私もわかっていた。でも、私には発作を起こすたびに苦しそうにしている弓華を見るのはつらかった。それなら、たとえ十パーセントしか可能性がなくても、そっちに賭けてみようと私は思った。

あらためて病院を訪ねて、私は先生に言った。先生は私がきっと手術をしないと言うはずだと思っていたようだ。

しかし、私はきっぱりと言った。

「先生、手術をお願いします」

「えっ！　手術するの？」

先生は飛び上がらんばかりにびっくりした。まさか私が手術を選択するはずがない、と先生も看護師さんたちも思っていたようだった。

しかし、助かる可能性が少しでもあるのなら、私はやっぱり手術してほしかった。

手術の当日、手術室に行く前に看護師さんが弓華をお風呂に入れてくれた。弓華はお風呂が好きなので、そのときはごきげんで、看護師さんの腕に抱かれてにこにこ笑った。その笑顔を見て、看護師さんが言った。

「ゆみちゃん、そんなににこにこ笑わんといて。なんか私悪いことしてるみたいやん」

きっと看護師さんは、こうやって弓華をお風呂に入れて、明日には亡くなってしまうと思っていたのだろう。

その日にかぎって主人は弓華をいつまでも抱いていて離さなかった。

「私にも抱かせて」と言っても、

「いいやん。だって、ママはいつも抱っこしているやんか」と言って、ずっと弓華を抱いていた。平成十一年が明けて四日目のことだった。

手術は九時間半に及んだ。

心臓の穴を塞いで、狭くなっている血管をひろげて、開存しているところを縛るという大手術だったそうだ。大きな穴が空いているところには、馬の心臓の膜を縫いつけるのだという。

当時、弓華の体重は八キロだった。本来なら十キロになるまではできないと言われている手術らしいが、事態が急を要していたのでやむなく手術に踏み切ったのだった。

朝の九時に始まった手術だった。それが日が暮れて夜になったときに看護師さんがやってきて「終わりましたよ」と言ってくれた。

私はそれを聞いたとたん、ほっとして涙があふれてきた。

しかし、手術が無事に終わったというだけで、まだ麻酔からは覚めていない。問題はこれからだった。ふつうならば、翌日には麻酔から覚める予定だったが、弓華はなかなか目を覚まさなかった。そのまま集中治療室で弓華は眠りつづけた。十八本もの点滴が弓華の小さな体に入っていた。

その間、ちらっと「やはり手術しないほうがよかったのかな」と思った。

だが、手術から三日目。

私たちの思いが通じた！　弓華はやっと目を覚ましてくれた‼

生還率十パーセントといわれていた手術を、弓華はみごとに乗り切ったのだ。

それから弓華は二カ月にわたたって入院した。私はまだ一歳にもならない章真を保育園に預けては、毎日、病院に通った。その間は、夜もぐっすり眠ることができた。

弓華は確実に元気になっていった。もうこれまでのように泣いても全身が真っ黒になることはなかった。病室には弓華の血中酸素濃度を測る装置があった。以前なら弓華の血中酸素濃度は健康な人が一〇〇だとしたら、七〇から七五くらいしかなかった。泣き出したらそれが四〇にまで落ちるのだった。ところが、いまでは装置は弓華の酸素濃度が一〇〇であることを示していた。こんな数値は見たことがなかった。

「すごーい！」

私は思わず声を上げた。

もう泣いても大丈夫なんだ。これまでみたいに泣いたとたんに、あわてて抱き上げて必死で泣きやませなくても、弓華はもう苦しくないのだ。

私もうれしかったし、弓華もどんなに楽になったことだろう。手術を受けてよかった。

誕生日には出かけよう

三月、ついに弓華は退院した。

もう以前の弓華ではなかった。好きなときに泣くことのできる、ふつうの子どもに少しだけ近づいたのだ。

手術が成功したことによって、弓華は泣いても命にかかわることはなくなった。

それでも、弓華の場合、泣いたら息を止めてしまう、いわゆる「泣ききり発作」は残っていた。生死にはかかわらないけれど、本人にとってはやはり苦しいようだった。いままでのように泣いたらすぐに抱き上げなくてもいいとはいえ、泣かせっぱなしにはできなかった。

退院の翌月から、私は弓華を連れて障害児の療育施設に通いはじめた。ただ、そこの施設は健常児を連れて行ってはいけない決まりになっていたため、章真は引きつづき保育園に預かってもらっていた。

章真の保育園のお迎えのときも、弓華を一人にはできないので、弓華を抱いて保育園の中に入り、保育園の先生に弓華を見てもらっている間に、章真を車へ連れていき、そのあと弓華を引き取りにいくというふうにしていた。心臓の発作はなくなっても、弓華を三分以上一人にはできなかった。

こうして発作に怯えていたそれまでの弓華と私たちの生活は、劇的に変化した。

しかし、これで弓華が健康になったわけではない。主治医の先生は私にこう話すのを忘れなかった。

「これで心臓は治ったけれども、腎臓は治りませんからね。これからはたぶん、腎臓がどんどん悪くなっていくでしょう」

そう聞いていただけに、私は弓華に与えられた人生をできるだけ楽しいものにしてあげたいと思った。それにはなるべく泣かないように、楽しい生活が送れるようにさせてあげたかった。

弓華は自分で話すことができなかったけれど、ひょっとしたら、私や章真の話していることは理解していたかもしれない。本を読んであげているときはじっと聞いていたし、章真と遊んでいるときは楽しそうに笑ったりもした。あいかわらず目線が合うことはなかったし、即座に反応があるわけでもなかったけれど、でも、いま思えば、きっと弓華は私たちの言うことをわかっていたように思う。

それを思うと、もっともっと話しかけてあげればよかったと思う。

そういえば、こんなことがあった。大阪人の主人があるとき弓華に向かって、冗談交じりに「ブサイクやなあ、ゆみちゃん」と声をかけたのだ。

ところが、次の瞬間、弓華が急に泣き出したのだ。主人は私を見て、

「わかったんちゃう?」と言った。

弓華の場合、こちらの言っていることを理解しているかどうか表情からはわからない。

弓華はもうすぐ三歳を迎えようとしていた。

といっても、からだは小さく、体重もそれほど増えていない。ぐんぐん成長している章真とほぼ同じくらいの体重だった。それでも生まれてすぐに「最後に抱いてあげて」と言われた弓華が、泣いただけで死にかけていた弓華が、九時間半の心臓手術に耐えて、こうして生きていることに私は深い感動を覚えていた。「ゆみちゃん、ほんまに不死身やわ」と私は思った。

しかし、先生が言っていたように、これからは腎臓が悪化していくのは避けられない。だとしたら、なるべく弓華に楽しい思いをさせてあげよう。これまでは発作を起こしたらすぐに病院に連れて行かないと命にかかわるので、弓華をどこかに連れていってあげたくても、それができなかった。

でも、もうその心配はないのだ。

主人と私は決めた。これからは毎年、弓華の誕生日には家族でどこかへ旅行に行こう。弓華にも家族にもいっぱい思い出をつくろう。

弓華の誕生日は九月四日である。寒さに強く、暑いのが苦手な弓華なので、誕生日にはどこかプールで楽しめるような遊園地へ行こうと考えた。その条件に合っていたのが和歌山にあるマリーナ・シティというリゾート施設だった。大阪に暮らしていた間、私たちは毎年、そこを訪れた。プールの水の冷たさが弓華は好きだった。一方、日なたの暑さが大の苦手だった。だから、私たちはいつも日陰を探して、あちこち動き回ったものだった。

胃ろうの手術を受ける

この頃、弓華はもう一つ手術を受けた。それは「胃ろう」をつくるための手術だった。胃ろうとは、胃に直接栄養を入れるためにおなかに空ける、深さ五センチほどの小さな穴である。この胃ろうにチューブから、食べ物、弓華の場合はミルクをあげるのである。

それまで弓華は鼻からチューブを入れて栄養をとっていた。しかし、いくら泣いても命にかかわることはないとはいえ、やはりチューブを交換するときには痛がって泣く。それを何度もくりかえすのは弓華がかわいそうだった。でも、胃ろうなら弓華の負担はほとんどない。

また、薬を飲むときも、この胃ろうのチューブから与えることができる。これまでのように週一回のチューブ交換のたびに泣かなくてもすむのは、弓華にとっても楽にちがいない。私にとってもである。

この胃ろうの手術から退院までは約二週間かかった。手術後、弓華は夜は一人で病院で過ごさなくてはならない。看護師さんの話では、初めのうちは、よく泣いていたそうだが、私が夜にいないとわかったのか、三日目には泣かなくなったという。

いや、泣かなくなっただけではなく、私がいるときでも笑わなくなったのだ。

弓華はどんなときでも、よく笑う子だった。よく泣く子だったけれども、同じくらいよく笑った。目線は合わないのだけれど、なにかでごきげんなことを感じるのかにこにこ笑みを浮かべた。ところが、この入院のとき、私と離ればなれになったからなのか、泣かないだけでなく、すっかり無表情になってしまった。家にいるときとちがって、病院では泣いたからといって、すぐに抱き上げてもらえないし、話しかけてももらえない。たとえ夜だけであっても、そうした状態がつづくと、子どもの顔からこんなにも表情が失われていくのだな、と私はショックだった。

このまま退院しても笑わなくなったら、どうしようと私は思った。

泣かないし、しかも笑わなくなった弓華を抱いて家に戻ってきて、ふたたび以前のようにいつもいっしょにいる生活がはじまった。弓華に話しかけたり、笑いかけたり、抱き上げたりという、二十四時間いっしょの暮らしの中で、すぐに弓華の顔に笑いが戻ってきた。

ああ、笑ってくれた、やっぱり、いっしょにいるのが楽しいんだ、と私はほっとした。

見たい人は見ればいい

胃ろうをつくってからも、私は弓華を連れてよくプールに行った。あまり知られていないが、胃ろうがあっても風呂やプールに入ることは問題ない。ばんそうこうを貼って、プールから上がったあとに消毒をすればいいのだ。

でも、プールにいるほかのお客さんはやはりびっくりするようだった。私が弓華の胃ろうのチューブから注射器を使ってミルクを入れていると、そばにいた人たちは目を一瞬止める。かといって、じろじろ見るのも失礼だと思うのか、たいていは黙って目をそらす。

私は生まれてすぐのときからしょっちゅう弓華を連れて外出していたので、まわりの目はもう気にしなかった。けれども、まだ二、三歳だった章真は、弓華が見られるのがいやだったようだ。

あるとき私が外で弓華に胃ろうのチューブからミルクをあげていたとき、章真が人目を気にしてそわそわしていた。一人のおばさんが、その様子をじっと見ていたのだ。

そこで私は章真に
「また、見てるなあ」と言った。

すると、章真が
「ママも見られるの、いやだったの？」と意外そうに言った。

「あまりいい気はしないよね。でも、見たい人は見たらええやん」と私は言った。

すると、章真は安心したようだった。それまでは弓華を見られたくないと思うのは自分だけで、お母さんは気にしていないと思っていたようなのだ。だが、私も気にしていないわけではないと知ったことで、章真もほっとしたのか、それからは弓華がまわりから見られていても、以前のようにそわそわすることはなくなった。

見たい人は見ればいい。そう素直に思えるようになったようだ。

私は弓華といつもいっしょに出かけていた。なにより弓華は家の中より外が好きだった。おそらくその頃、一年三六五日のうち、弓華を連れて外に出なかったのは台風の日くらいだったと思う。あとは雨が降ろうが、風が吹こうが、毎日かならず弓華と外に出ていた。

よく行く店では、声をかけてくれる人もいた。じっと見ているだけで声をかけてこない人もいたけれど、もしかしたら、その人にも重い病気の子がいるのかなと想像したりもした。子どもがじっと弓華を見ているのを、お母さんが「そんなじろじろ見てはいけません」とたしなめることもあった。そうかと思うと、幼稚園の子どもたちは「どうしたの。赤ちゃん、病気なの?」と気軽に声をかけてくれたりもした。

公園に家族でバーベキューを食べに行ったときのことだった。私たちはバーベキューを食べながら、弓華に胃ろうのチューブからミルクの注入をしていた。

そのとき主人の後ろにいた別のお客さんの子どもが、私たちのほうを見たあと、自分のお母さんに向かって、こう言った。

「ママ、変な赤ちゃんがいる」

お母さんはどこかちがうほうを見ながら
「なにが変なん?」と言った。

子どもは一言答えた。

「顔が……」

それをこっそり聞いていた主人は思わず吹き出しそうになった。子どもに「顔が」と言われたあちらのお母さんは、そのときどんな顔をしていたのか見てみたかった。

弓華が好奇の目で見られることには、私たちはすっかり慣れっこだった。そりゃたしかに初めて弓華のような子を目にしたら、びっくりするのは当然なのだから、人がどんな反応をしようが、私はなんとも思わなかった。

障害児だっておしゃれはしたい

弓華を連れて歩いていると、一般の人たちが障害児を特別な存在と見ていることがよくわかる。それは障害児をもつお母さんに対しても同じだった。障害児を抱えているお母さんは、その世話で精一杯で、化粧ともおしゃれとも無縁で、いつもぐったり疲れていると見られがちだ。逆に、お母さんが化粧をしたり、おしゃれをしていたりすると、子どもそっちのけでなにをやっているのか、という目で見られかねない。

でも、私はたまたま生まれた子が障害をもっていただけで、ふつうの親子と何もちがうところはないと感じてきた。子どもたちの多くが、お母さんにきれいでいてほしいと思うように、私も化粧もせず、なりふりもいっさいかまわないお母さんにはなりたくなかった。たっぷりした時間はなかったけれど、夜、弓華を抱きながら眉の手入れをしたり、マニキュアを塗ったりしたし、弓華を連れて買い物に出かけるときは、流行のファッションや服をチェックしたりもした。障害児がいるからといって、髪はぼさぼさ、いつもスッピンというのはいやだった。

もちろん、弓華にも外へ出かけるときは、女の子らしいかわいい格好をさせてあげたかった。買い物をしていて弓華に似合いそうな服があると、思わず買うことがよくあった。ペアルックもよく着ていた。もっとも弓華はおしゃべりができないから、結局私の好みに合わせた服を着せることになってしまうのだが、それでも服を買うときには、一応弓華に「ゆみちゃん、どっちの服がいい？」と聞いてから選んでいた。

車椅子にしても、ふつうは子ども用の車椅子のシートの柄は花柄やかわいいクマさんだったりするのだが、私はあえて派手なヒョウ柄にした。その頃の大阪ではヒョウ柄が流行だったのだ。友だちからは「ゆみちゃんのお母さんらしいなあ」と言われたものである。その後、熊本に引っ越してからはショッキングピンクのチャイニーズ柄にした。

弓華の車椅子は特注物だったので、私はそのほかにもいろんな工夫をした。暑がりな弓華のために、小さな扇風機を取り付けてもらったり、外で注入ができるように点滴棒を付けてもらったり、脚をバタバタさせるのが好きな弓華のために、脚をのせる台を取り除いてもらったりもした。

七五三のときには写真館に行き、弓華にお化粧してもらって、きれいな晴れ着を着せて、みんなで写真を撮った。上半身を真っ直ぐに起こしていられない弓華を椅子の上で支えるのにスタッフの人たちが苦労していたが、それでもきれいにおめかしした弓華は、私にはきらきら輝いて見えた。

一方で、弓華の服や、章真のおもちゃをネットオークションで出品することもあった。真夜中から明け方までの時間を私はそんなふうに自分なりに楽しんでいた。落札間際に値段が上がると、

「ゆみちゃん、上がったわよ！」と思わず話しかけたりした。弓華は私がそばにいればきげんがいいので、にこっと笑っている。その翌日か翌々日には落札された商品を送るために、弓華を車椅子に乗せて郵便局に出かけた。弓華は外に出られるのできげんがいい。

思えば、私が弓華に一生懸命になりながらも、精神的に折れたり、ストレスをためたりせずにやってこられたのは、こうした持ち前の楽天的な性格のおかげだったのかもしれない。もし、弓華のことだけに生真面目に集中しすぎて、そのこと以外何も考えられなくなっていたら、さすがの私でも、きっと途中で倒れてしまったかもしれない。

でも、私は適度に気晴らしをはさみながら、弓華と付き合っていった。弓華に対しては手抜きはしなかったが、弓華が寝ているときや、施設で預かってもらえる時間ができると、その間に思いきり自分のことをやっていた。そのときそのとき私は楽しいことを探していたのだと思う。だからストレスもたまりようがないのだ。

章真の心

一方、章真はそんな弓華の姿をじっと見つめてきた。

前にも書いたが、章真はとても手のかからない子だった。けれども、ご飯を食べるときなど、自分から手で食べ物をつかもうとせず、だれかが口に入れるのを待っているようになった。それは私が弓華にかかりっきりで、章真の相手をていねいにしてやれなかったためである。

私は弓華に食事をさせているときに章真が泣き出したりすることのないよう、おなかが空く前に章真に食べ物を与えていた。そのせいで、章真は自分で何もしなくても食べ物を口に入れてもらえると思ってしまったのだった。弓華と同じように、章真もまた自分では何もしなくてもオムツは替えてもらえるし、食べ物も食べさせてもらえると思ってしまったのだ。

してほしいと訴えなくても、事前に与えられる、という癖がついてしまった章真は、なかなか自分からおなか空いたと言わなかった。ふつうは兄弟がいると、先を争って食べるようになると言われているが、うちはお姉ちゃんが何もできなかったので、自然と、章真もそれが当たり前だと思うようになったようである。

元気な章真よりも、自分で何もできない弓華を優先するというのが、我が家の習いだった。だが、私はいつも弓華が先になってしまうことで章真が傷つくのではないかと内心少し心配していた。叱るときでも、言葉もしゃべれず、動くこともできない弓華を叱ることはけっしてなかったが、やんちゃ盛りの章真のことはしばしば叱った。

しかし、そんなときも、章真が「お母さんは、ぼくばっかり怒ってる」と感じてしまってはかわいそうだと思っていた。

あるとき、章真が年中クラスくらいのときだったと思うが、いつも章真ばかり叱るのもよくないと思って、章真のために弓華を叱った。

そのときは弓華がわあわあ泣いていたので、章真の前であえて弓華にこう言った。

「ゆみちゃん、そんなにわあわあ泣いても、お母さんすぐに抱っこできないでしょ」とちょっと強い調子で言った。もちろん、怒ったふりをしていただけである。

ところが、そのとき突然、章真が泣き出したのだった。

「章真、どうしたの？」と言うと、

「だって、ゆみちゃん、病気なんだから怒ったらあかん。なんで、お母さん怒るの？」と言う。

それを聞いて胸がいっぱいになった。

この子はわかっていたのだ。弓華がふつうの子ではないことを。お母さんや自分が守ってあげなくてはいけない存在だということを。

そのやさしさがわかって、私はとても温かい気持ちになった。

私は、章真が内心「いつもゆみちゃんにはやさしくして、自分のことは叱ってばかり」といじけているかもしれないと思っていた。けれども、それは思い過ごしだった。私が思っているよりずっと、章真は章真で弓華のことをちゃんと考えてくれていたのだ。弓華を守ってあげなくてはという気持ちが自然に芽生えてきていたようだった。弓華はお姉ちゃんというより、赤ちゃんなのだと思っていたのかもしれない。

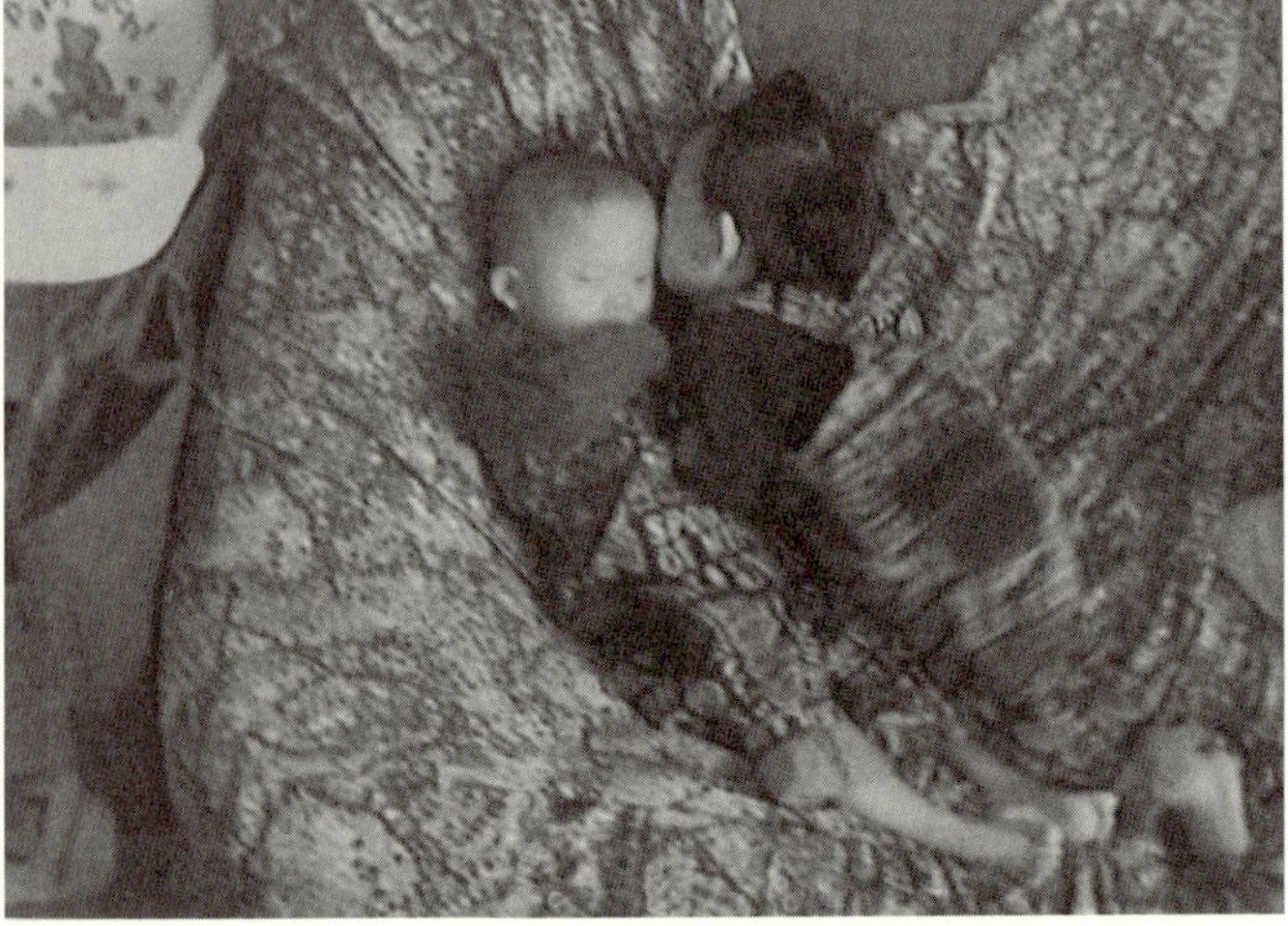

大好きなお姉ちゃんに「ちゅっ！」

それも当然だ。章真は日に日にいろんなことができるようになって、歩いたり、話したりもできるようになっているのに、弓華はいつまでもしゃべることも、動くことも、自分で食べることもできない。章真はそんな弓華に、私がいつもしているように話しかけたり、いっしょにおもちゃで遊んであげたり、もう少し大きくなると、絵本を読んであげたりもしてくれた。弓華が嘔吐しそうになって私があわてていると、さっとタオルをよこしてくれたりもした。

章真は、私がいつも弓華を一生懸命世話してあげているのを見ていた。だから、自分もそうしてあげるのが当たり前だと、章真は自分なりに考えていたのだ。それがわかっていたから私も、弓華が寝ているときには、ふだん甘えさせてあげられない分、存分に抱いたり、遊んであげたりした。

章真は口にはしないけれど、きっとどこかでがまんしている部分はあるはずだった。ただ、弓華は自分より弱い、守ってあげなくてはいけない子なので、がまんしなくてはと自分に言い聞かせていたのだと思う。そんな章真のけなげな気持ちがうれしかった。

もうひとつ私が気がかりだったのは、障害児である弓華がいることが原因で、章真が友だちからいじめられたりしないかということだった。私は弓華にかかりっきりで、章真には本の読み聞かせをしてあげたり、いっしょに外遊びしたりしてあげることができなかった。そのことで章真につらい思いをさせたな、と私は心苦しかった。

けれども、たしかに言えることは、弓華がいたことで、こんなふうに章真はとても思いやり深い、やさしい子になってくれたのだ。

もし、私が弓華を外にも出さず、ほったらかしにしていたら、章真もまたそれを見て育ち、ひょっとしたら弓華にいたわりの気持ちなど持たなかったかもしれない。私が章真にかまってあげられない分、章真は、私が弓華の世話を一生懸命しているのをずっと見ていた。私が一生懸命に、しかも楽しそうに弓華の世話をしているのを見て、章真の中に、自然と弓華への愛情が育まれてきたのかもしれないと思う。

第3章　生きてるってすばらしい

余命一カ月

心臓の穴もなくなり、胃ろうも空けて、弓華との行動範囲は大きく広がった。プールにも行けるし、ほかにもいろんなところに出かけられるようになった。けれども、心臓の手術の後、先生から聞いた「これからは腎臓が悪くなってきます」という一言はやはり深く心の底に重しとなっていた。

三歳の頃は、病院通いは月に一回だった。そのときに採血をして、腎臓の状態をチェックして、それに応じて薬を処方してもらっていた。風邪を引いたり、体調を崩したりすることはなかった。あいかわらず寒さには強かったので、富山に里帰りしたとき、雪の降る駅のホームで、みんなが寒い寒いと言っているのに、弓華は気持ちよさそうに笑っていた。

弓華が四歳になった翌年の二月のことだった。

それまで月一回つづけていた血液検査の数値から、腎臓の調子がかなり悪化していることがわかった。

「これは本格的に入院して、微調整をしたほうがよさそうですね」

弓華の主治医の先生が言った。先生が言うには、入院していたほうが思い切った治療ができるという。治療によって悪化した場合にも、すぐに方法を切り替えられるからだ。ところが、入院している間にも弓華の数値はどんどん悪くなっていった。入院中、弓華に与えている特殊なミルクの調合を微妙に変えたりしていたのだが、それでも数値の悪化は止まらなかった。

「週単位で悪くなっていってますね。それにあまり笑わなくなりましたね」

と先生は言う。私は内心、笑わなくなっているのは入院しているせいだろうと思っていた。前に入院したときもそうだったのだから。

しかし、数値的にはたしかに、これで生きていられるのが不思議なくらい異常な値を示していた。このまま入院していても、病院でできることはない。それより家でいっしょに過ごしたい。そう先生に言うと、先生も「そうですね」と言ってくれた。

三月の終わり、弓華は退院した。

この退院は、完治しての退院ではなく、本人と家族のための「社会的退院」、つまり、死ぬまでの短い間、家族で過ごす時間をつくるための退院だった。見送ってくれた看護師さんたちは、とてもつらそうだった。私たちになんと言葉をかけたらいいものか戸惑っているのが、私にも伝わってきた。

先生は、退院にあたって薬をくださったとき「念のため、四週間分出しておきます」と言った。「念のため」と言ったのは、おそらくそこまでもつまいと思っていたからだろう。つまり、余命一カ月ということだった。

退院するときは、次の外来の日を予約するものだが、それも言われなかった。もう、生きて戻ってくることはないと思われていたのだ。

先生は「もし夜中になにかあったら、朝まで待って、ぼくに連絡をください」と言った。私も覚悟を決めていた。こういう日が来ることは、弓華が生まれたそのときからわかっていた。だが、少し元気はなくなったものの、いつもと変わらぬ弓華を見ていると、とてもあと一カ月でこの子が亡くなるとは信じられなかった。

笑いが戻ってきた

ところが、退院して数日たつと、徐々に弓華に笑いが戻ってきたのだ。

最初は少しだけだったが、そのうちに以前のようによく笑顔を見せるようになった。

「なんだ、笑うやん」

私はほっとした。

やっぱり入院していたから笑えなくなっていたのだ。家に戻ってきて、私が以前と同じようにいつも声をかけるようになって、きっと弓華も安心したのだろう。

それから一カ月近くたって、病院でもらった薬がなくなりかけた。次の診療の予約はするように言われなかったので、薬のなくなる二日ほど前に病院へ出かけた。順番が回ってきて、弓華を連れて先生の前に行ったとき、

「ゆみちゃん、生きてますよお」と言った。

先生はびっくりして弓華を見た。

「すばらしい！」

思わず先生が大きな声でそう言った。無理もない。退院のときには、次に会うときは亡

くなったときだと思っていたのだから。医学的に見て、そのくらい弓華の腎臓は悪化していたのだった。

そのあと病棟に顔を出すと、顔なじみの看護師さんたちが、

「あら、ゆみちゃーん！」と声をかけてきた。

でも、いちばん驚いていたのは先生だった。一カ月前の数値で、そのあともこうして生きていられるとは、ふつうなら考えられないというのだ。この数値なら体力がすっかり落ちて、泣いたり、笑ったりもできなくても不思議はないのに、と言う。それだけ弓華の生命力が強かったとしか思えない。

その後も、腎臓の数値は回復していなかったが、それ以上悪くもならなかった。

悪いなりに横ばいのまま、現状維持を保って、弓華は以前と同じように生きつづけた。腎臓の数値が悪化したときに、「もう末期です」と言った先生も、検査で病院を訪れるたびに「ゆみちゃん、すごいねえ」「すばらしい」と言って、ひたすら感心していた。

ただ、その頃腎臓の悪化のせいで貧血が起きるようになっていた。そこで四週間に一度病院に行ったときに、貧血の薬を注射していた。冷蔵庫から取り出したばかりの薬剤は冷たく、そのせいで弓華は痛がるので、私は看護師さんが注射の準備をしている間、薬剤の

瓶を手に包んで人肌に温めた。こうすると痛みがやわらぐと以前聞いたことがあった。実際そうやってみると、弓華はあまり泣かなかった。

そんなわけで余命一カ月という宣告を受けてからも、弓華の生活はそれまでと少しも変わらなかった。

その頃の弓華のことで覚えていることがある。よく私は弓華に手遊び歌をうたってあげていた。その中で「いっぽんばーし、こーちょこちょ」というのがあった。歌に合わせて相手の手のひらをくすぐり、そのあと「かいだんのぼって」という歌詞に合わせて相手の腕の上を指でのぼっていき、最後に「こーちょこちょ」と言って相手をくすぐるのだ。弓華はこの遊びが好きだったのだが、何度かしているうちに、「かいだんのぼって」のところで、そのあとの「こーちょこちょ」が来るのがわかるのか、はしゃいで笑い声を上げるようになった。

前にも言ったように、弓華とは視線が合わないし反応もないので、こちらの言っていることがわかっているのか確信がなかった。けれども、このときの弓華の反応は、明らかに「こーちょこちょ」が来るのを期待した笑いに思えた。

「ゆみちゃん、すごーい。わかるんだあ！」

私はうれしくて思わずそう口にした。

そういうことは他にもあった。大阪の主人の実家に行くと、私が弓華を抱いて台所に入ろうとすると、その瞬間、弓華が口を動かすのだ。まるで、ここに食べ物があるということを知っているみたいだった。そんなことが何度かくりかえされ、そのたびに私は笑ったものだ。

こうして、私たちは楽しい時を過ごしていた。毎日のように外出しては、前に決めたように誕生日には和歌山のマリーナ・シティですてきな休暇を楽しんだ。

弓華は六歳になった。

余命はあと一カ月、と言われてから、二年近くたっていた。

転勤

無事に六歳の誕生日を迎えられた弓華だが、その頃、我が家には大きな転機が持ち上がっていた。

主人の転勤である。

行き先は熊本だった。転勤の噂は以前にもあったのだが、弓華の心臓のこともあったし、その後も腎臓の悪化によって予断を許さない状況がつづいていたので、主人もできれば転勤はしたくないとずっと言っていた。医療体制も整っている大阪を離れて、見知らぬ土地に行くのは不安もあった。

だが、このときは弓華の状態も悪いながらに安定していた。私は主人の話を聞いてすぐ「ほな、行こ」と思った。あとになって、友だちから「いっしょに行くの？」と聞かれ、そうか、世の中には単身赴任というのもあるのだったっけと思い出したくらいだった。主人の両親も、主人が一人で行くのが当然だと考えていたようだった。けれども、私は、自分と子どもたちだけが大阪に残るという選択は、最初から想像もしなかった。

やはり家族なんだから、いつもいっしょにいたい。それにもし主人が一人で行ったら、弓華に何かあったときにすぐにかけつけてこられない。いっしょに暮らしていれば、たとえ仕事が忙しくて、なかなかいっしょにいられなくても、毎日、弓華の寝顔を見ることはできる。それに弓華は朝早いので、朝の出勤前に弓華に声をかけてあげられる。でも、離れていたら、それさえもできなくなってしまう。

弓華に残された時間がそれほど長くはないことは、主人も私もわかっていた。

生まれてすぐに亡くなっても不思議のなかった弓華が、ここまで生きていることが奇跡なのだ。この先、もっとすごい奇跡が起きて、弓華がすっかりよくなることをまったく願わないわけではない。でも、主人も私も、これまで先生たちの話を聞き、弓華と暮らしてきて、それはないと理解していた。

だから、それよりも一日、一日を大切にしたかった。そして、そんな弓華のそばにできるだけ寄り添っていたかった。いつか弓華が亡くなるときは、私の腕の中で眠らせてあげたいのだ。

その日がいつ来るか、わからない。何年も先かもしれないし、あるいはほんの数カ月先かもしれない。

そのときに家族が離ればなれにいたら、あとで悔やんでも悔やみきれないと私たちはわかっていたのだ。

私は熊本に行こうと決めた。

そうと決めたら、まずは弓華の病院を探さなくてはならない。養護学校も探さなくてはならない。幸い、大阪の病院の主治医の先生が、熊本の病院を紹介してくれた。その病院の近くで住むところを探すとともに、養護学校の入学手続きなどもしておく必要があった。

私は弓華を病院に、章真を両親に預かってもらって熊本へ行き、ホテル暮らしをしながら一週間かけて、この土地で暮らすために必要なさまざまな手続きをした。

「おれは住むのはどこでもええよ。ママが納得いくところなら」

そう主人に言ってもらえたので、私もはりきって新生活の準備をはじめた。

住まいは弓華を連れて出入りしやすいようにマンションの一階、章真の幼稚園バスは家の前まで迎えに来てくれるところ、といったような条件をつけて、どんどんと段取りをつけていった。

ただし、大阪とちがって戸惑うこともあった。養護学校へ入るには、教育委員会の許可が必要なのだが、教育委員会は逆に、養護学校の施設が整っているかどうかわからないから、あちらが許可しないとこちらも許可できないと、互いにややこしいことを言われた。

紹介してもらった病院に弓華を連れて行くと、新しく主治医になる先生が弓華を見て、思ったよりずっと元気そうなことに驚いていた。先生のもとには、前の主治医の先生から紹介状がすでに届いていた。

そこには、これまでの経緯や、腎臓の数値なども記されていた。その数値から考えて、よほど状態の悪い子がやってくるはずだと予想していたところ、私が抱いてきた子は、けらけらとよく笑う元気そうな子だったので、少し拍子抜けしたらしかった。

自分で注射

熊本に引っ越してきて、新しく私がするようになったことの一つに弓華への注射がある。それまで弓華は月に一度の検査のたびに注射を打ってもらっていた。ところが、ここにきて腎臓の数値がまた少し悪くなったため、週に一回の割で注射を打たなくてはならなくなっていた。

しかし、週に一回病院通いするのは、弓華にとってかなりの負担だった。大きな病院なので予約していても、しばらく待合室で待たされることも多い。注射一本のために、日によっては一時間も待たされるのは弓華がかわいそうである。

弓華の場合、予約の時間におなかが空いて泣き出したりしないように、計算してミルクを与えなくてはならない。しかし、それも混み具合によってずれてしまう。

すると、先生がこう言ってくださった。

「注射をおうちでしてもいいですよ。お母さん、打てますか」

看護師ではないのだから人に注射を打ったことなどない。そんな恐ろしいこと、私にできるわけがない。

「できません」と私はすぐ首をふっていた。

でも、よく考えてみると、糖尿病の人は、自分でインスリンの注射を打っているのだから、やろうと思えばできるのだろう。弓華の負担をなくすためにも、私が注射を打てれば、それがいちばんいいことはわかった。そうすれば、弓華のきげんのいいときに打ってあげられるし、通院で取られる時間をもっと楽しいことに使ってあげられる。

よし、やってみようと決意した。

とはいえ、初めから一人で上手にできる自信はなかった。失敗したら弓華を痛がらせるだけになる。そこで初めのうちは、近所の小児科の医院に出かけて、そこの看護師さんに見てもらいながら注射を打った。家では、こんにゃくを相手に注射の練習をした。

練習の甲斐あってか、弓華への週一回の注射にもすぐ慣れた。注射針が皮膚に入った瞬間、弓華は泣き出すのだが、注射を終えてすぐに抱き上げると、たちまち泣きやむのだった。

注射器は家の冷蔵庫で保存していた。病院でしていたように、注射をする前に薬剤の入った注射器を手で温めるのは章真の役割だった。つめたく冷えた注射器を、章真は両手で包み込んで体温で温める。しばらくして温かくなってきたら、注射器に針をセットする。それから弓華の細い腕をとって、皮膚をつまみあげる。

針を刺すとき、章真は、

「ゆみちゃん、痛くないからね、大丈夫だよ」と声をかけてくれる。

それでも弓華は泣く。痛いのは一瞬だが、このとき動いてはたいへんなので、じたばたしようとする弓華を押さえつける。

「ゆみちゃん、もう終わるからね」

そう言って私は薬が弓華の中に入っていくのを見届けると、針を抜いて、注射器を置く。そしてすぐに弓華を抱き上げる。すると、そのうれしさで先ほどの痛みを忘れてしまうのか、弓華はうそのように泣きやんでしまう。

これが週に一回くりかえされる我が家の儀式だった。

腸炎になった私

幸いなことに、弓華が生まれてからずっと世話をしてきた間、私は一度もからだをこわしたことがなかった。

自分ではとくにからだをきたえてきたわけでもないのだが、きっと根が丈夫なのだろう。肉体的につらかったのは腰痛になったときくらいで、疲労で倒れたり、熱を出して寝込んだことは一度もなかった。もっとも、たとえ熱があっても寝込んだりしている暇はなかっただろうが、それでも、もし私が病気がちだったり、すぐに風邪を引いたりする母親だったら、弓華の世話はきっともっとたいへんだったにちがいない。

そんな私だったが、熊本に引っ越してきてまもない頃、おなかが差し込むように痛くなったことがあった。下痢がつづき、痛みも治まらない。そのままにしていても治らないので医者に行った。数日間、検査の結果が出ると、先生は言った。

「腸炎ですね。数日間、入院が必要です」

でも弓華がいるのに入院などしている暇はなかった。

「先生、私、入院はできません。通いでなんとかなりませんか」

そう言うと先生はびっくりしていた。私は事情を話した。私が入院するには弓華を施設に預けなければならないこと。そのためには許可を取るために書類の申請が必要なこと。それを自分一人でやらなくてはならないこと。すると先生もわかってくださったようで、特例ということで、通院で治療を行ってくれることになった。

治療は点滴によるものだった。ただし、ベッドで点滴を受けている何時間かの間、車椅子に乗せた弓華をすぐそばに置いて、話しかけながら点滴が終わるのを待った。こうして三日間にわたって点滴を受けて腸炎は治った。

これまで風邪一つ引かなかった私だったが、あとから思えば、このときは新しい土地にやってきたばかりで、いろいろ忙しく疲れていたのかもしれない。熊本に来て以来、弓華の病院や施設などのさまざまな手続きに、私は毎日奔走していた。それも、いつも弓華と章真を連れて行かなくてはならなかった。

右も左もまだわからない土地で、それはさすがの私にもけっこうな負担だった。主人も新しい職場での仕事に慣れるまで、精神的にゆとりがなかった。たぶん互いに、いちばんたいへんな時期だったのだと思う。

「ゆみちゃんのほう、向いていいよ」

私はまもなく元のように元気になった。

五月のゴールデンウイークが近づいてきたとき、主人が「イルカを見に行こうか」と言った。

「イルカ？」

主人が調べてきたところによると、天草のほうでイルカ・ウォッチングができるのだという。それは面白そうだ。きっと弓華も喜ぶだろう。

当日は、とてもいい天気で、暖かい日だった。海に行くにはうってつけの日だった。ぽかぽかしていたし、海なら暑いだろうと思って半袖で出かけた。ところが、天草に着いてみると、けっこう寒い。でも、弓華は寒いのが大好きなので、章真が寒がっているのを尻目に、とてもきげんがいい。

いよいよイルカ・ウォッチングということになって港に行くと、それが思っていたよりずっと小さなボートだった。こんなんで大丈夫かなと思って乗り込んだ。ボートが走り出すと、吹きさらしなのですごい風である。しかも冷たい。

私たちは「寒い、寒い」と騒いだが、ただ一人、弓華だけは冷たい風を浴びて、とてもごきげんだった。寒いのも、風にあたるのも弓華は大好きなのだ。イルカの見られるポイントまでは三十分ほどかかった。私たちはすっかり体が冷え切っているのに、弓華はとても気持ちよさそうにしている。その顔を見ていると、ああ、やっぱり来てよかったなと思った。

弓華が元気なうちに、また来よう。でも、そのときはちゃんと長袖も持ってくるのを忘れないようにしよう。

イルカ・ウォッチングのあとも、私たちはしょっちゅう、どこかへ出かけていた。みんなでいっしょに出かけるようになって、章真にも、弓華にもっとやさしくしてあげなくてはという気持ちが育っていくのがわかって、私はうれしかった。

以前は「ゆみちゃんのこと、ちょっと見ておいて」と言うと、本当に、ただ見つめているだけだった。けれども、この頃には「見ておいて」としか言わなくても、私のいない間に弓華の手を取って、歌をうたってあげていたり、話しかけたりしていた。

そういえば、こんなこともあった。夜、寝るときもいつも私は弓華のほうを向いて寝ていた。章真が年長組の頃、章真のほうを向いて寝かしつけようとしたときである。章真が、

「いいよ、ゆみちゃんのほう、向いていいよ」と言ったのである。

私ははっとした。それまで章真は私がいつも弓華のほうを向いて寝ていることに気づいていたのだろう。そのことを心の中できっとさびしく思っていたのだろう。でも、弓華のために、じっとそれをがまんしていたのだろう。

だから珍しく私が自分のほうを向いたとき、それでは弓華がさびしいだろう、かわいそうだと思ったにちがいない。私は章真のけなげな思いやりの気持ちにじんとした。

前にもふれたが、私は章真が、弓華がいることでいじめられたり、自分が損をしていると思ったりしないかと気がかりだった。でも、それは杞憂だったのである。ふつう、章真くらいの小さい子ならば、自分中心に物事を考えるほうが当たり前だ。だから自分勝手にふるまわず、遠慮がちな章真を見て、私の友だちの中には、

「章真くん、かわいそう」と同情する人もいた。

でも、それはちょっとちがうように私には思えた。私が弓華の世話をしている姿を生まれたときからずっと見てきた章真にとって、弓華のことを思いやることは、ごく自然な、当たり前のことだったように思う。

三人で散歩をしていたときのことだ。私は弓華を乗せた車椅子を押して歩道の道路側を

歩き、その内側を章真が歩くというのがふつうだった。ところが、あるとき、章真が急に「ぼくが道路のほうを歩く」と言い出したのだ。道路を車が通るのを見て、もし弓華になにかあったらたいへんだ、ぼくが守ってあげようと思ったらしい。でも、本人は「そのほうが危ないんちゃうの」ということに気づいていない。

私は苦笑しつつも、章真の気持ちに胸がいっぱいになった。

章真は弓華のことを、本当にだいじに思っているのだな。章真にとって弓華はかけがえのない家族なんだな。そう思うと、私の胸の中に温かいものが広がっていった。

七歳の誕生日、台風の夜

熊本に引っ越すとき、住み慣れた大阪を離れ、新しい環境で暮らすことに不安がなかったわけではない。けれども、豊かな自然とおいしい水にめぐまれた熊本の暮らしに、私も弓華もすぐになじんだ。一時はどうなることかと思った弓華の容態も安定し、以前と同じようにひんぱんに外出するようになった。

ただ、夏の暑さはすごかった。暑さが苦手な弓華にとってはなおさらだった。それでも元気に熊本で初めての夏を過ごし、九月の七歳の誕生日には、大阪のときと同じように、海のあるリゾート施設へ行った。宮崎の青島にあるリゾートで、海に面した遊園地もある風光明媚な、すばらしいところで、弓華はもちろん私たち夫婦も章真も、弓華の誕生日を満喫した。

こうしていつも外出していたことで、きっと弓華は自然に体力や抵抗力をつけていったのだと思う。病院の先生は、「染色体異常の子は風邪を引きやすいので気をつけてください」と言っていたが、弓華は熱を出したり、風邪を引いたりしたことはほとんどなかった。もし、これが家に引きこもっていたり、病院に預けっぱなしになっていたりしたら、これほど抵抗力はつかなかっただろうし、外に出たらすぐに風邪を引いてしまったかもしれない。弓華は重病人だったけれども、風邪のような軽い病気はいっさいしなかったのだ。だから、友だちから

「ゆみちゃん、元気?」

と聞かれると、私は思わず、

「うん、元気よ」と答えてしまうのだった。

医学的に見たら、けっして元気とは言えないからだなのだけれど、私の感覚からすると、

七歳の誕生日

やっぱり弓華は元気な女の子だった。

ちょうどその頃、章真を空手の教室に通わせはじめた。章真はやさしい子だったが、私は彼に男の子らしい強さを身につけてほしいと思った。練習は週に一回。

あるとき、章真の空手の練習を見ながら、弓華にミルクをあげていた。まわりには、いっしょに空手を習っている子たちのお母さん方もいた。中には、来るたびに弓華に話しかけてくれる人もいた。

「ゆみちゃん、元気だった?」

弓華が「ニコッ」と笑いを浮かべる。その表情を見ると、「ああ、やっぱりわかっているんだ」とうれしくなった。

同じ時期、私は気分転換もかねて、章真が通っているカルチャーセンターで話し方教室の講師をした。また、年に二、三回は、弓華を施設に泊まらせてもらって、章真と主人と三人で出かけることもあった。このときばかりは章真が行きたがっているところへ連れていってあげた。本当に久しぶりの弓華のいない時間だった。

でも、そんなときふと、

「本当に弓華がいなくなったら、どうなるんやろなあ……」

と思うこともあった。もちろん結論など出なかった。弓華が末期と言われてから三年ほどたっていたが、腎臓の数値が回復したわけではない。いまは元気そうだけれど、いつ亡くなっても不思議はない状態がつづいていた。

弓華がいずれ死んでしまうことはわかっていた。でも、私の生き甲斐ともいえる弓華がいなくなったら、いったい自分はどうなってしまうのだろう。想像しても、何も浮かんでこなかった。

その頃の忘れられない思い出がある。

ある夏の日、台風がやってきた。台風になると外に出られないので、弓華はきげんが悪くなる。しかも、その日は台風の影響で自宅の周辺がすべて停電になってしまった。エアコンも使えない。

暑がりの弓華にとってエアコンは不可欠だった。このままでは体温が上がって、調子を崩しかねない。台風でなければ、弓華を車に乗せて、エアコンのきいた近所のスーパーへでも出かけるのだが、そうもいかない。それに、いったん出かけても、帰ってきたときまだ停電だったら困る。

私は一計を案じた。今夜は熊本市内のホテルに泊まろうと考えたのである。出張中だった主人には「今夜は、停電につきホテルに泊まります」とメールして、台風の中、夕方に車に乗って三人でホテルへと向かった。

この思いがけない外泊を、いちばん喜んだのは章真だった。遠出しなくても、ちょっと雰囲気のちがった場所で夜を過ごすというのは、なんだかわくわくするものだ。いま章真と話しても、この台風の夜のことは、いちばん思い出に残っているという。

第4章　笑顔の戦士

眠れなくなってきて

平成十六年の十二月頃から、弓華に少しずつ変化が現れてきた。それまで、わりとすっと眠るようになっていた弓華が、抱っこをしないと眠らなくなってきた。泣いたら、すぐに抱き上げ、眠ったらまたベッドに置くというのは、これまでもすっかりおなじみだったが、この頃になると、ベッドに横にしたとたんに泣き出すようになった。抱き上げていると泣きやむので、ずっと抱いていなくてはならない。私もしんどいし、弓華だってつらいだろう。

どうして、こんなに眠らなくなったのだろう。呼吸が苦しいのだろうか。それとも、ほかに原因があるのだろうか。理由はわからないが、泣いているからには、抱いてあげなくてはかわいそうだ。

私は弓華を抱き上げて、そのままの姿勢で寝かせた。私とからだが密着していないと泣き出すので、この頃から弓華をベッドに横にして寝かせることができたのは、一日わずか二時間くらいになった。

私は病院に行って、先生に聞いた。

「どうして、こんなに眠らなくなったのでしょう」

先生は首を傾げて、

「うーん。冬だから、からだがしんどいのかもしれませんね」と言う。実際のところ、先生もよくわからないようだった。

「先生、子ども用の睡眠薬もらえませんか」と私は冗談めかして聞いた。

先生はとんでもない、というふうに首をふった。

「いや、それはだめです。お母さん、がんばってください」

もちろん、がんばるのはなんでもないが、弓華がこれからどうなっていくのかが気になった。

年が明けて一月になったが、弓華の不眠症は相変わらずだった。いま思えば、その頃に、少しずつ内臓にもむくみが進んでいたのだろう。そのため気管が圧迫されて呼吸がしにくくなっていたのだ。

その頃、定期検査で腎臓の数値をとった。徐々にではあったが、以前より悪化していた。とはいえ、数値が悪い状態はずっとつづいていた。これまで弓華は数値からは考えられないほど元気だったこともあり、私は「そうか、悪化しているのか」と淡々とその結果を受け止めるにとどまった。

けれども、実際には弓華のからだには、これまでにない変化が起きていたのだ。ある朝、主人が弓華をしげしげと見て、

「なんか、弓華の目、腫れてないか」

と言った。毎日、弓華と接していた私は気づかなかったが、言われてみると、たしかに、上目蓋が少し腫れているような気がした。

そのあと病院で採血検査をしたところ、悪化の度合いがひどくなっていることがわかった。そこであらためて「ゆみちゃん、しんどいんや、かわいそうやなあ」と思った。

二月の終わり頃には、やはり検査に訪れた病院で、先生が脚をさわって、

「ああ、少しむくんでいるようですね」

と言った。私はそのときまで気づかなかったのだが、そのあと気をつけて見ていると、

日に日にむくみが大きくなってくるのがわかった。脚の筋肉を指で押さえて離すと、押された部分が引っ込んだままになっている。よほど腎臓の機能が低下しているのだ。先生からは、「尿毒症になって、全身がむくんでしまうと、もう助からない」と聞かされていた。

それでも弓華は元気だった。なかなか眠れないものの、いつものようににこにこ笑って、きげんもいい。むくみは手足には出ていたが、顔にはまだなかったので、表情も変わらない。いつもと変わらず、弓華は天使のような無垢な笑いを浮かべていた。

それを見ていると、弓華がいよいよ危ないはずなのに、その実感がもてなかった。それどころか主人に、

「ほら見てみて、ゆみちゃん、むくんでるわ」

とあっけらかんとした調子で話していたのだった。

これまでの弓華を見てきた私には、どんなに状況が悪くなっても、「また薬を使えば、むくみもとれるだろう」という無意識の思いこみがあった。「あと一カ月の命」と言われてから何年も生きてきた弓華のことだ。いくら先生の言うことだって、あてにはならない。だから、着実に全身にむくみが広がっていくのを目の前にしていても、現実感がもてなかった。

むしろ見舞いに来てくれる友だちのほうが心配していた。

「ゆみちゃん、こんなにむくんで大丈夫なの」と言う友だちに、

「でも、ほら、笑ってるねん」「末期に見えへんやろ、はは」と私は笑って答えていた。

ひょっとしたら、それは弓華が本当に最期に近づいていることを私は無意識に、そして断じて認めたくなかったからかもしれない。

顔のむくみ

三月に入ると、むくみが顔にも出てきた。それまで七前後で推移していた腎臓の数値も、十にまで上がってきた。これは相当の危険信号である。顔がむくむと、はた目から見ても、とてもしんどそうに見える。

顔がむくみ出してからは養護学校へ行くのもきつそうだった。預かる先生のほうも、万一のことを考えると安心できないだろう。そこで養護学校の先生が、自宅まで来てくださるようになった。私が疲れていることを察して、わざわざ個人的に夜、家に来てくださることもあった。先生は「私がゆみちゃんを抱いているから、お母さん、その間に寝て、か

らだを休めなさい」と言ってくださった。

この好意は本当にありがたかった。私も弓華も、横になって寝るということが、ほとんどできなくなってもう三カ月ほどたっていた。先生の言葉に甘えて、私は横になって朝まで寝た。

目を覚ますと、先生が弓華を抱いていた。見るからにしんどそうで、私の顔を見ると、こう言った。

「お母さん、これを毎日つづけているんですか？」

「そうです」私はにっこりして答えた。

むくみの症状が出始めたということは、腎臓が正常に働いておらず、尿が正常に排出されていないということだった。利尿剤はずっと飲みつづけていたが、その効果もあまりなく、尿の量は減りつづけていた。そのため利尿剤の量が増やされ、その頃六十キロ台の大人に処方されるほどの量が投与されていた。それでも、弓華の尿の量は減りつづけていた。体外に排出されない分が、からだにたまって、むくみは日に日にひどくなっていた。

私は毎日、弓華の飲んだミルクの量と紙おむつに排出された尿の量を量っていた。別に先生に指示されたわけではないけれど、尿の量が減っているのが気になってならなかった。

素人の私がそれをしたからといって、何かできるわけではないが、それでも何かせずにはいられなかった。

その頃、以前お世話になった大阪の病院の先生に電話した。ずっとがんばってきたゆみちゃんだけど、今はこんな状況ですと言って、私が量ってきたミルクの量と尿の量を先生に報告した。医学的知識のない私でも、ミルクの量に比べて、尿の量がどんどん少なくなっているのはわかった。

先生はそれを聞くと、

「わかりました。お母さん、あと少しですからがんばってください」

と言った。

そうか、あと少しなんだ……。

弓華がもうすぐ死ぬんだということが、そのとき実感として私の心に重く迫ってきた。いくら鈍感な私でも、顔の腫れあがった弓華を見ていれば、事態が差し迫っていることはわかる。

「あと少し」という言葉が私の頭の中をぐるぐるとまわった。

章真に抱きしめられて

余命一カ月と言われたときには、その言葉の意味を十分理解しながらも、私は泣かなかった。というのも、そのときの弓華は血色も良く、にこにことよく笑い、どこから見ても活力があることが見てとれたからだ。先生の言葉よりも、目の前の弓華の笑いのほうが信じられた。だから、深刻な声で「余命一カ月です」と言われても、私はそれほど気にならなかった。

弓華はまだ元気だ、大丈夫だ、死ぬはずがない、と心の中で私は直感的に確信していたからだ。

しかし、今回はちがった。むくんで腫れあがった顔、つらそうなその表情を見ていると、弓華が本当に苦しんでいること、命の炎がもうすぐ消えようとしていることが、私にもはっきり伝わってきた。もはやこれまでのように、危機を乗り越えて生きられるだろうとは、いくらひいき目に見ても思えなかった。そのくらいしんどそうな顔だった。

私は泣いた。泣いて泣いて泣きまくった。それは弓華が生まれてすぐ、「最後に抱っこしてあげて」と先生に言われたとき以来の大泣きだった。

もちろん、この八年間、私は何度も泣いてきたけれども、生まれたばかりのときと、このときほど深い悲しみにくれて泣いたことはなかった。あとからあとから涙があふれてきて止まらなかった。

どのくらい泣いていただろう。ふと気がつくと、うしろから章真が何も言わずに私の背中をぎゅーっと抱いてくれていた。

私はハッとした。章真は何も言わなかったけれど、私のことをとても心配していたのだ。いつまでも泣きやまない私を気にかけて、なんとか慰めたいと思って、こうして抱いてくれたのだ。

ああ、こんなふうに悲しんでいたり、泣いていたりしてはだめだ。悲しいのは私だけじゃない。章真だって、弓華がもうすぐ死んでしまうことを感づいているのかもしれない。でも、そのことで私が嘆き悲しんでいたら、もっと章真を心配させてしまう。

ふりむくと、章真が心配そうに、私の顔をのぞき込んでいる。黙ったまま困ったような表情をしているが、それでも私のことを案じている気持ちは痛いくらい伝わってくる。

「ああ、ごめんね、章真。ママが泣いてばかりいたら、章真だって悲しくなっちゃうよね」

章真は何も言わずに私を見つめていた。ああ、男の子なんだな、強い子なんだな、と私は思った。それと同時に、もう泣いたらあかんな、章真にもみんなにも心配かけてしまう。思えば、あのときと同じだった。弓華が障害を抱えて生まれてきたことで私が泣いていたとき、私を救ってくれたのは主人の言葉だった。ああ、家族っていいな。本当に私は家族に支えられているとつくづく思った。

泣いてる場合じゃない。

私は決めたはずだった。泣いている暇があったら、もっと弓華を抱っこしてあげよう、歌をうたってあげよう、外へ出よう、おいしい空気を吸わせてあげよう、いろんなところへ旅行しよう、思い出をたくさんつくろう。そう心に誓ったはずだった。

泣くよりも、笑おう。いつも笑っている、きれいなお母さんでいよう。そうすれば弓華がもし天国でお母さんを思い出すとき、きっと「ママはきれいだったな、いつも笑っていたな」と思ってくれるだろう。いつもめそめそ泣いているお母さんではなく、明るく笑っているお母さんのことを天国でも覚えていてほしい。

私が笑っていることで弓華は楽しく毎日を過ごすことができたのだ。私も弓華の笑顔のおかげで幸せになれた。笑顔があれば、どんな苦労だって乗り越えられる。そのことを私は弓華から教えられたのではなかったか。

日々の緊張の連続の中で、私ががんばってこられたのは、弓華の笑顔のおかげだった。笑顔さえあれば、どんなたいへんなことだって乗り越えられる。笑顔は困難に立ち向かう最強の武器なのだ。

弓華は笑顔の戦士なのだ。私も笑顔の戦士として生きよう。もう泣くのはやめよう。

最後のお花見

養護学校の先生や保護者の方がみんなで弓華のために千羽鶴を折ってくれた。弓華がもう長くないことは先生たちもわかっていた。にもかかわらず、千羽鶴を折ってくれたみんなの気持ちがうれしかった。きっとそのおかげなのだろう。弓華の状態はきわめて悪いながらも、同じ状態を保ちつづけ、四月の初めにはお花見に行くことができた。それが弓華と私たちとの最後のお花見になることはわかっていた。

せっかくのお花見だけれど、お弁当はつくらず、近所のコンビニで出来合いのものを買った。最後のお花見くらい手製のお弁当をつくったらとも友人に言われたが、弓華はお弁当は食べられないし、自分たちのお弁当をつくっている時間があったら、私は弓華のそばにいて、弓華のためにできることをしたかった。とても暖かい日で暑がりの弓華には少々しんどかったかもしれないが、私たちは桜の花の下で弓華と最後の春の日を過ごした。

それからすぐに章真の小学校の入学式があった。式の数時間だけは弓華を養護学校に預かってもらった。私たちの生活は変わらなかった。章真が家の前で自転車に乗る練習をすることもあった。私はついていてあげられないので、弓華を見ながら、ときどき一階のベランダから声をかけていた。

外の散歩も欠かさなかった。あまり遠出はしなかったけれど、とてもいい季節だったので、弓華と章真と私の三人でよく外を歩いた。弓華の調子がよければ、近所の大きなショッピングモールまで出かけた。昼は外のフードコートで食べて、のんびりとした時間を過ごした。そうやっていると、こんななんでもない時間が、どんなにかけがえのない貴重なものか、しみじみ感じられる。こんな散歩ができるのも、あと少し、ひょっとしたらあと数日かもしれない。幸福な日々はあっという間に過ぎていった。

そしてゴールデンウイークがやってきた。

弓華の状態が本格的に悪化してきて二カ月が過ぎていた。主人も休みだったので、四人でテレビを買いに、近所の電気屋さんまで出かけようということになった。

弓華を車椅子に乗せ、手には大好きなウチワを握らせた。その頃は全身がむくんでいて、あまり笑うこともなくなっていた。それでも外の空気に触れたのがうれしいのか、弓華は気持ちよさそうにしていた。

電気屋の中を歩いていたとき、弓華がウチワをぽとりと落とした。これまでにもウチワを落とすことはあったので、私はそれを拾い上げて、ふたたび弓華に握らせようとした。ところが弓華は握らなかった。何回持たせようとしても、だめだった。こんなことは初めてだった。手がむくんでいるので物が握りにくいのかもしれなかった。あるいはもう握るだけの体力がないのかもしれなかった。

もう、ゆみちゃん、お外もしんどいんかなあ……。

これまではどんなに苦しそうなときでも、外に出ると弓華は気持ちよさそうな顔になった。けれども、もうそれすらしんどくなってきたのだ。

ゆみちゃんと、いっしょにいたい

ゴールデンウイークが明ける頃には、弓華はほとんど笑わなくなっていた。泣くことがあっても、いままでのように元気の良い泣き方はもうしなかった。

顔はぱんぱんに張って、見るからに苦しそうだった。それまでずっと十キロを保っていた体重も、むくみのせいで十六キロにまで増えていた。かゆいところをかくと、そこから汁が出てきてしまうほど、体中に水分がたまっていた。注射をすると、針を刺した跡から水がじわーっと出てきた。

むくみが出るのはミルクを与えて水分を吸収するからだった。しかし、むくむからといってミルクを与えなかったら、栄養が摂れない。

かといってミルクを与えれば、むくみが増し、さらに腎臓に負担がかかる。その葛藤に私は苦しんだ。どうしたらいいのだろう。

でも、病院に行ってもできることはもうなかった。先生は、私が家で弓華を看取りたいという気持ちを理解してくれていた。それに病院に出かけることが、弓華の負担になるのも明らかだった。

日に日に弓華の様子はだんだんしんどそうになってきて、笑うことも、泣くこともほとんどなくなった。顔はぱんぱん、息はハアハアと苦しそうだった。そんなある日、私は声をかけた。

「ゆみちゃん、そんなに苦しかったら、いつ天国へ行ってもいいんやで。でも、生きたかったら、がんばって生きてや。ママは、いつもいっしょにおるからな」

五月二十三日、弓華になにかしてあげられることはないかと思って、私は病院に行った。先生は弓華の様子を一目見ると、私のほうを見て、こうおっしゃった。

「お母さん、入院しましょう」

私は即座に首をふった。

「いや、入院はしません」

「お母さんも弓華ちゃんといっしょに入院しましょう」

「それはできません。章真もいるし。私が入院したら、章真の面倒が見られません」

「お母さん、章真君ならだれにでも面倒見てもらえます。おじいちゃんやおばあちゃんに見てもらってもいい。だから、お母さんも弓華ちゃんといっしょに入院してください」

でも、私に入院は考えられなかった。

「私は弓華をおうちにいさせてあげたいんです。弓華には自分がいるところがおうちなのか、病院なのかちゃんとわかります。医療用モニターの出す『ピッピッ』という音で、弓華には、ここが家ではないとわかるでしょう。近くで章真の声が聞こえないことで、さびしい思いをするでしょう。弓華にとっては、病院よりも、家族で過ごしてきたおうちのほうがはるかに気持ちのいい場所なんです。だから、弓華を入院はさせたくない。たとえ私がいっしょでも病院には入れたくないんです」

私は話しながら泣いていた。病院を信用していなかったわけではない。でも、病院にいたのでは、いっしょにお風呂にも入れない。そのとき、なにかあったら、私は悔やんでも悔やみきれない。家にいたい。家ならば、二十四時間、どんなときでも離れずにずっといっしょにいられる。そしてなにより、ずっと願っていたように、弓華が亡くなるときには私の腕の中で逝かせてあげたい。そこが弓華がいちばん安心できる場所だからだ。

先生は私の言葉を静かに聞いていた。私が話し終わると、「じゃあ、採血しましょう」とおっしゃった。やがて採血の結果が出て、先生はそれをじっと見てから、

「わかりました。もう帰っていいですよ」

私は弓華といられることがうれしくて、

「先生、やっぱり、ゆみちゃんといっしょにいたいんです！」

と先生に言ってから病院をあとにした。

先生は採血検査の数値を見て、もう数日の命だということがわかったのだろう。だから、

「もう帰っていいですよ」とおっしゃったのだろう。

あとになって、友だちに「なにかあったときに、病院のほうが安心だとは思わなかったの」と聞かれたが、私はそうは思わなかった。そして、この日、病院で弱々しく泣いたのが、私が聞いた弓華の最後の泣き声になった。

思い切り女の子らしく

病院から帰ってきた日の晩、いつものように弓華を寝かしつけて横にした。いつもならすぐに泣き出すのに、この日はそのまま眠ってしまい、私もその横で眠っていた。明け方にはっと気がついて弓華を見ると、置いたときと同じ格好だった。いつもなら右を向いたり、左を向いたりしているのだが、この日は置いたときのまま、ほとんど顔が動いていなかった。どきっとして私は息を確かめた。よかった。きちんと呼吸していた。

しかしこの日は、呼吸がときどき乱れるようになった。まるで、ため息でもつくかのように「はあー」という息がまじるのだった。それとともに鼻にあざのようなものが現れた。それがなんだかわからなかったが、私はいよいよなのかな、と思った。

私は養護学校の先生に電話した。

「先生、ゆみちゃん、いよいよ、あかんかもしれへん。いまのうちに顔見にきて」

しばらくしてやってきた先生は弓華を抱いてくれた。でも、その呼吸がいつもとちがうのに気づいたらしく私に、

「この呼吸は危ないような気がするわ」と言った。

先生は養護学校に戻ってから、弓華の状態を校長先生に話したようだ。私は私で友だちに連絡して、ゆみちゃんが危なそうなので、もし今日会える人は会いに来てと伝えた。すぐに会いに来てくれる友だちもいれば、こわくて会いに行けないという人もいた。もうすぐ亡くなることがわかっている子に会いに行くのはつらい、というのだ。気持ちはわかる。それでも養護学校関係の友だちはみな来てくれた。代わる代わるやってきた人たち一人ひとりに弓華は抱いてもらった。夕方には校長先生と教頭先生も来てくれた。

先生たちが帰られたあと、私はお風呂を沸かした。弓華がじき亡くなるのは、もうわかっていた。だとしたら、きれいにしてから逝かせてあげよう。ふつう人は亡くなったあと、体をきれいに拭いてもらう。でも、亡くなったあとできれいにするよりも、その前にきれいにしてあげたかった。

風呂が沸くと、弓華と章真と私の三人で入った。はたして弓華が、どこまでわかっていたのかはわからない。目は開いていたけれど、どこを見ているのかはわからなかった。でも、三人で最後のお風呂に入れたことが私はうれしかった。

その晩、九時半頃、主人が帰ってきた。私が弓華をわたすと、主人はしずかに弓華を抱いていた。ふだんなら、私が「ゆみちゃん、ちょうだい」と言うと、すぐに返してくれる主人だったが、この日は、「もうちょっと抱っこしとくわ」と言って、長いこと弓華を抱いていた。

「ねえ、パパ、心配?」私は聞いた。

「うーん」肯定とも否定ともつかないような調子で主人が答えた。

あとで聞いたら、このときはまだまだ弓華は大丈夫だろうと思っていたようだった。これまで何度も修羅場を乗り越えてきた不死身のゆみちゃんだ。このくらいでへたばるはずはない、と信じていたのだ。

でも、私にはそうは思えなかった。死ぬなら、ちゃんとそのための旅支度を整えて、悔いなく送り出したかった。着替えもさせてあげた。これまで弓華はずっと紙おむつだった。本当なら、もうふつうの木綿のパンツをはいている年頃なのに、いつまでも紙おむつではかわいそうだ。

私は前に買っておいた新しいかわいい木綿のパンツを、弓華にはかせてあげた。そのほかにも暑がりの弓華のために涼しいシャツと、友だちからいただいた女の子らしいジャンパースカートを用意した。これまで女の子なのにスカートをはく機会もほとんどなかった。そんな弓華に、思いっきり女の子らしい格好をさせてあげたかった。

その晩は、さすがに私も疲れていたのか、弓華のかたわらで、横になって眠ってしまっていた。

私の腕の中で

五月二十五日の明け方、ふと目が覚めて、弓華を見ると目を開けていた。

「ああ、今日も生きていてくれた」

私はうれしくて、弓華を抱き上げた。それに気づいて主人も起きてきた。ミルクを作りに行く間、主人が弓華を抱いていてくれた。もうミルクを与えても、消化する力もないし、むくむだけだろうということはわかっていた。それでもミルクをあげないと栄養がつかないので、私はいつも悩みながらミルクを作っていた。

ミルクができたので主人のところに行って、

「抱くの代わろうか」と言ったが、このときも主人は、

「いや、もうちょっと抱っこしとくわ」と言った。

そうやって一時間近く主人は弓華をずっと抱っこしていた。

この日主人は仕事で福岡に出張に行く予定だった。

「なんかあったら電話ちょうだい」と主人は七時半頃家を出た。

私は弓華の布団を居間に置いて、どこにいてもその姿が目に入るようにした。それから家の仕事や片付けをして、その合間にちょくちょく弓華に声をかけた。

九時過ぎだった。洗濯物を干し終えてベランダから居間に戻ると、どうしてそう思ったのか自分でもわからないが、弓華の様子が妙におかしいと感じた。私は弓華を抱き上げた。しんどそうな呼吸は相変わらずだった。

「ゆみちゃん、息しいや。がんばって生きなあかんで」

私は弓華に声をかけた。

そうやって一分くらい弓華を抱いていると、ふと呼吸が止まるのがわかった。

「あっ……」

そのまま弓華は動かなくなった。本当に私の腕に抱かれて、弓華は逝った。

弓華と過ごした日々が、私の脳裏を駆けめぐった。

生まれてきてくれたときの喜び、そのすぐあとに訪れた衝撃、それから始まった弓華との夢のような日々。

成功率十パーセントと言われた心臓の手術を受けた日のこと、余命一カ月を宣告されたこと。

そして家族で出かけたいろいろな旅の思い出。

でも、その間中、私はいつか弓華が天国に行くときは、私の腕の中から旅立ってほしいと願っていた。それが叶えられるかどうかは運だったけれど、弓華はその願いを叶えてくれた。

私に、とても抱えきれないほどの幸福を与えてくれた弓華。

悲しい思いとともに、私の奥から深い感謝の気持ちがこみ上げてきた。

「ありがとう、ゆみちゃん」

気がつくと、私は大きな声でそう口にしていた。

弓華を抱いたまま、私はその安らかな顔をじっと見つめていた。

どのくらいそうしていただろう。

長い時間だったようにも、ほんの数分だったようにも思う。

現実に引き戻された私は弓華を抱いたまま、携帯を取り出して、病院に電話した。

「道志ですけれど、先生をお願いします」

そう言うと、看護師さんはすぐ先生につないでくれた。

「ゆみちゃん、呼吸をしていないような気がするんです。いまから連れていっていいですか」と私は言った。

弓華が亡くなったことは自分がいちばんよく知っていた。でも、そのことをいま口に出したら、自分が崩れてしまいそうだった。いまから連れていきます、と言ったのも、救急車などではなく私が自分で連れていきたかったからだ。

「すぐ連れてきてください」電話の向こうで先生が言った。

私は弓華を抱いたまま、主人に電話し、次に養護学校の先生に電話して、弓華がいまさっき息を引き取ったことを伝えた。

でも、そのあとも私はいつもと変わらず弓華に話しかけながら支度をした。支度ができると、弓華に声をかけた。

「さあ、ゆみちゃん、病院行こか」

弓華を車椅子に乗せ、それから車に乗せて、事故だけは起こさないように注意しながら病院へと向かった。

病院に着くと、すっかり顔なじみになった受付の女性が「おはよう」と声をかけてくれた。車椅子に乗っている姿を見ただけでは、弓華は眠っているようにしか見えない。

「ゆみちゃん、もうだめみたい」と私は言った。

すると受付の人は驚いて、

「そうなんですか」とだけ言った。

エレベーターに乗って二階の小児科に行くと、看護師さんがすぐに診察室に入れてくれて先生が脈を取った。もう脈はなかったはずだ。そのあと病棟のナースステーション奥にある診察台で心電図をとった。驚いたことに、呼吸は止まっていたのに、心臓はかすかに動いていた。

「あ、心臓まだ動いているね」と先生が言った。

心拍数は一分間に五回ほどで、いまにもとぎれそうだったが、まだかすかに動きつづけていた。

先生は「点滴しますか？」と私に聞いた。

私は「もういいです」と答えた。これ以上、痛い思いをさせたくなかった。最後はそっとして自然に逝かせてあげたかった。

それから五分くらいして、かすかに動いていた心臓が永遠に動きを止めた。

弓華は天国へ旅立ったのだ。

ありがとう、ゆみちゃん

いまでもときどき思う。弓華は私に抱かれるまで死ぬのを待っていてくれたにちがいないと。

最後の一カ月、弓華はめっきり泣かなくなった。体力はすっかり落ちて、いつ亡くなってもおかしくなかった。でも、弓華はがんばった。

「ゆみちゃん、苦しかったら逝ってもいいんやで」と声をかけたときも、弓華はがんばっていた。私が眠ってしまった夜も、弓華はがんばっていた。がんばって、がんばって、生きつづけた。亡くなった日だって、私が洗濯物を干している間に呼吸が止まっても、ちっともおかしくなかった。

でも、弓華は私に抱き上げられるまで待っていてくれた。

「死ぬときは私の腕の中で」という私のいちばんの願いを弓華は知っていたのかもしれない。ふつうならば弓華のような重い病気の子は病院で亡くなるのが、ほとんどだ。家にいたとしても、夜、一人で亡くなることだってある。母の腕の中で、というのはじつは奇跡のようにむずかしいことなのかもしれない。

でも、弓華はその私のいちばんの願いを叶えてくれた。私が洗濯物を干して戻ってくるまで、弓華はじっとがんばって待っててくれていた。もしかしたら、苦しくて、すぐにでも楽になりたかったのかもしれない。でも、弓華は待っていてくれた。私が洗濯物を干し終えて戻ってきて、弓華を抱き上げたとき、「ああ、これで死ぬことができる」と安心したのかもしれない。

私の最後の願い、いちばんの願いを、弓華は最高の形で聞き届けてくれたように思えてならない。弓華は私の気持ちを救ってくれた。だから私はそのあとも幸せでいられる。

弓華が生きていたとき、私は何度か弓華が亡くなるときのことを考えた。きっと、そのとき私は「ゆみちゃん、行かないで！」とか「ゆみちゃん、死んじゃだめ！」と大声で泣き叫ぶのではないかと想像していた。

けれども、そうではなかった。

私の中に素直に湧き上がってきたのは、八年八カ月の弓華との暮らしがどんなに楽しかったか、そしてその幸福を与えてくれた弓華への深い感謝の気持ちだった。

その日、小学校から帰ってきた章真に、

「ゆみちゃん、亡くなったんだよ」と話した。

章真は私の言葉を聞くと、部屋に横たわっている弓華を見て、

「なんだ、寝ているだけじゃない」と言った。

弓華がもうすぐ死ぬということは、なんとなく私の様子から感じていたようだが、小学生になったばかりの章真にとって「死ぬ」とはどういうことなのか、まだ想像がつかなかったのだろう。

天国に行きたい

弓華と過ごした日々は、章真の中に、私が思っているよりもずっと深く刻み込まれていた。それを感じたのは、弓華が亡くなった年の夏休みだった。

夏休み最後の日、宿題も全部終えてしまった章真に、あと一日、どこでも好きなところへ連れていってあげる、と言った。

「どこでもいいよ。好きなところ言ってごらん」

そうは言いつつ、内心私は、章真が選ぶとしたら絶対にプールかトイザらスのどちらかにちがいないと想像していた。ところが章真の答えは思いがけないものだった。

「天国に行きたい！」

私はびっくりした。

「どうして、天国に行きたいの？」

「だって、天国にはゆみちゃんがいるんだもん」

死ぬということが、まだどういうことかわからない章真に、私は「ゆみちゃんは天国に行ったんだよ」と話していた。また天国では病気だった人も元気になるし、歩けなかった人は歩けるようになるのだとも話していた気がする。章真はそのことをずっと覚えていたのだろう。

「天国のゆみちゃんは、もう歩いたり、お話ししたりできるんでしょ。だから、ぼくは天国でゆみちゃんとプール遊びしたい！」

なんと答えていいかわからなかった。

「うーん、ちょっとそれはむずかしいかなあ」困った私は答えた。

でも、私はうれしかった。それまで、私は心のどこかで弓華がいることで、章真にいろんなことをがまんさせていたと思っていた。章真が友だちをうちに呼びたいと思っても、弓華が寝られないから、なかなか呼んであげられなかった。幼稚園に迎えに行っても、弓華がいるから、すぐに連れて帰らなくてはならなかった。本当は友だちと遊びたかったかもしれないのに、弓華がいるからその望みを叶えてあげられなかった。章真はそのことで文句を言ったことはなかったけれど、私は章真にいつも申し訳ない気持ちがあった。

でも、章真の「天国でゆみちゃんと遊びたい」という言葉を聞いて、章真にとっても、弓華と私と三人で過ごした日々はかけがえのない楽しいものだったんだなあ、とそのとき思った。章真にとって、弓華といることはがまんではなくて、本当に幸せなことだったたんだ。私の胸の中に、温かいものが広がっていくのがわかった。

でも、残念ながら、私には「天国へ行きたい」という章真の願いを叶えてあげられない。私が「ちょっとむずかしいかなあ」と言ったあと、章真は何も言わなかった。どうしてむずかしいの、と食いついてくることもなかった。章真なりに、それは、きっとできないことなのだということを感じとったのかもしれない。

いつも、いっしょ

弓華が亡くなって翌年の節分、家族で恵方巻を食べた。恵方巻というのは、関西の太い巻き寿司である。節分の夜、その年の縁起のいい方角に顔を向けて、願い事を思い浮かべながら、この巻き寿司を最後まで丸かじりすると、願いが叶うと言われている。

恵方巻は大阪の習慣だったが、主人が忙しかったので、節分の夜に家族で恵方巻を食べたことはなかった。今回が家族みんなで食べる初めての恵方巻だった。

「章真、何をお願いする?」私は章真に聞いた。

章真はためらいもせず、すぐに答えた。

「ゆみちゃんが帰ってきますように」

私はびっくりした。答えあぐねていると、主人が言った。

「よし、それをお願いしよう！」

私たちは黙々と恵方巻を丸かじりした。三人で弓華のことを思い浮かべながら。

あとになって、主人が「章真は本当に弓華のことが大好きやったんやな」と言った。私たちが思っている以上に、章真にとって弓華の存在は大きかったのだ。

考えてみれば、章真が生まれてからずっと弓華はそばにいた。章真よりもお姉さんなのに、章真よりもずっと無力で、自分一人では何もできない。そんな弓華を懸命に世話をしている私の姿を見て、章真は私が思っていたよりもずっといろんなことを感じたのだろう。そして、いたわりの気持ちをもつようになっていったのだろう。

弓華はいなくなってしまったけれど、章真の中では弓華はいつまでも生きているのがわかった。毎日の章真との会話の中にも、弓華はかならず登場した。私が章真に「勉強しなさい」と言うと、章真は「ゆみちゃんにちょっと聞いてみる」と言って、弓華の写真の前に行ってなにやら話しかけている。それから、しゃべれなかったはずなのに弓華の声色を真似て「まだ、勉強しなくていいよ」と言ってみたりする。

章真にとって、いまも弓華は、いつもすぐそばにいて、いっしょに暮らしている家族の一員だ。そんな形で、弓華はいまも私たち家族の中に、以前と少しも変わらず生きつづけている。

小学三年生になった章真が学校で「友だちいっぱい」という絵を描いてきた。それは虹のかかった青空の下、章真と友だちが手をつないでいる絵だった。私はその絵を授業参観のときに見ていたのだけれど、そのときはこの絵の中に描かれていた「あるもの」に気づかなかった。

章真がこの絵を持ち帰ってきたとき、よく眺めると、絵の左隅に灰色に塗られた四角いものがあるのに気がついた。全体的に明るい原色で描かれた絵なのに、この四角い灰色のものは何だろう。私はしげしげ、その四角いものを見ているうちに、はっとした。

「章ちゃん、この四角い灰色のもの、ひょっとして、お墓？」

「うん！　ゆみちゃんも入れといた！」

章真は元気よく答えた。

私はあんぐり口を開けてしまった。

そうだった。その年の三回忌に弓華の納骨を済ませたのだった。そのせいで章真の中では弓華とお墓のイメージが強く残っていたのだろう。弓華がいなくなっても、お墓に入っても、弓華は章真のそばにいるし、章真は弓華のそばにいる。

弓華と私たちは、いつもいっしょなんだ。どこにいたって、あのにこにことした、かわいい笑顔がすぐ浮かんでくる。

海の風を浴びて笑っていたゆみちゃん。

ウチワを楽しそうにふっていたゆみちゃん。

プールで気持ちよさそうにしていたゆみちゃん。

章真と楽しそうに遊んでいたゆみちゃん。

目を閉じれば、いろんなゆみちゃんが、いつでも私に微笑みかけてくれる。

あの微笑みを思い出せば、どんなにつらいことだって乗り越えられる。生きていることがどんなにすばらしいかを教えてくれたゆみちゃん、

本当にありがとう。

付録　子どもたちのために

ゆみちゃんがおしえてくれたこと

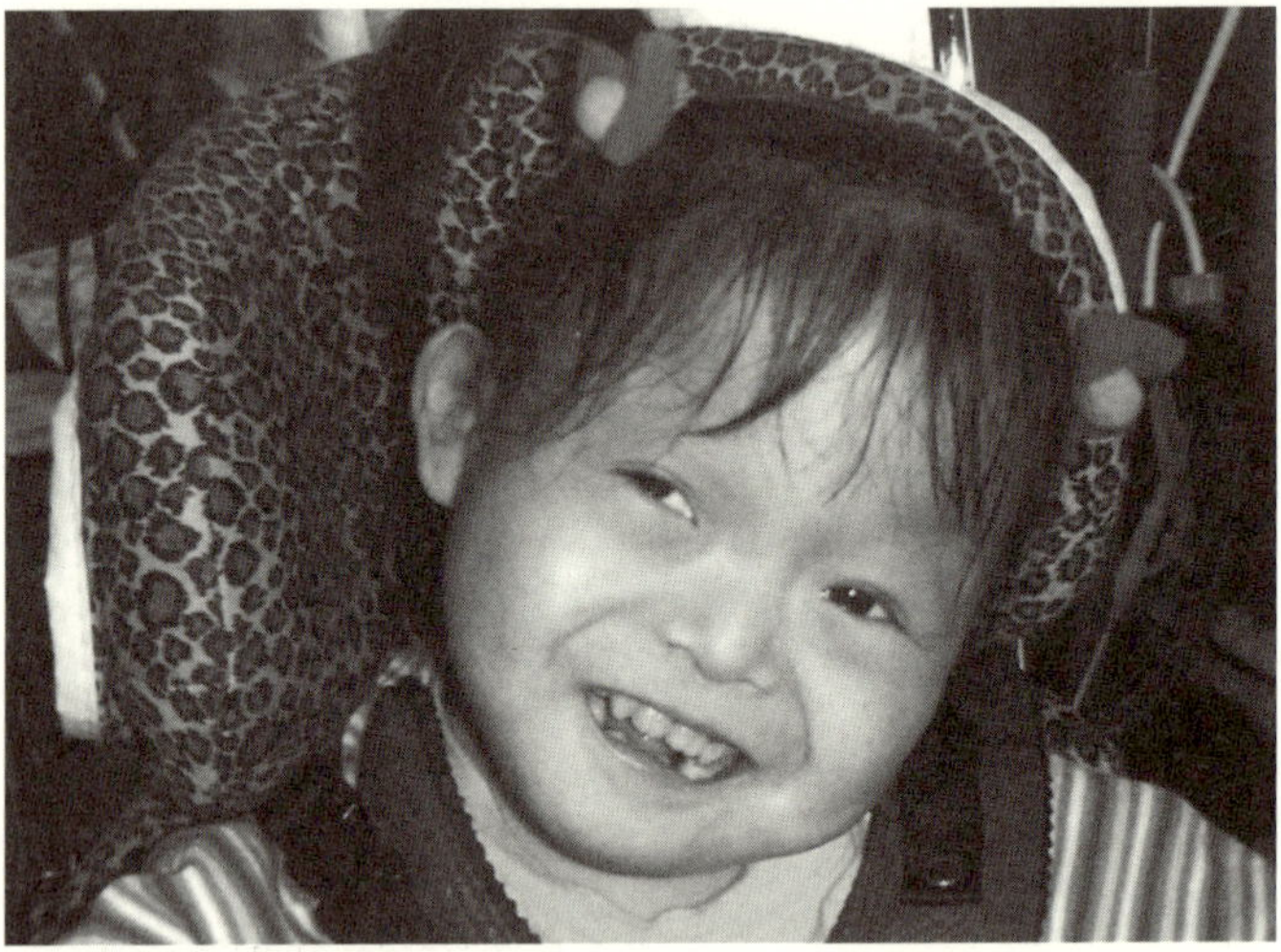

はじめに

ここにひとりの女の子の写真《しゃしん》があります。

この子は、みなさんの目には、いったい何さいに見えるでしょう。

ずいぶん小さい子のように見えるかもしれません。

まだ、一つか二つくらいの赤ちゃんなのかな、と思う人もいるかもしれません。

でも、この写真をとったとき、この子は八さいになっていました。

どうして、八さいなのに、こんなに小さくて、赤ちゃんみたいに見えるのだろう、と、みなさんは、ふしぎに思うかもしれません。

じつは、この子は、生まれたときから、とても重い病気《びょうき》にかかっていました。

けんこうな赤ちゃんなら、すくすくと育っていくうちに、おしゃべりができるようになります。自分で手をつかって食べものを食べることもできるようになります。ハイハイをはじめて、やがて歩くことができるようになります。

けれども、この子は、ふつうの子ができるような、そんなあたりまえのことがほとんどできませんでした。

この子は、ふつうの子のように大きくなれなかったのです。だから、八さいになっても、まるで赤ちゃんのように見えました。自分で歩くことができなかったから、動くときは車いすにのらなくてはなりませんでした。食べることもできなかったから、チューブでミルクをおなかに入れてあげなくてはなりませんでした。

そんな、なんにもできなかった女の子でしたが、わたしにとっては、せかいでたったひとりのたいせつなむすめでした。名前は、ゆみか、といいますが、わたしはずっと「ゆみちゃん」とよんでいたので、ここでも「ゆみちゃん」とよびたいと思います。

ゆみちゃんは、生まれてからずっと病気《びょうき》とたたかいつづけてきました。そして、この写真《しゃしん》をとってしばらくして、八さいと八カ月でなくなりました。

ゆみちゃんの人生は、何十年も生きた人たちにくらべれば、とてもみじかいものでした。けれども、ゆみちゃんとすごした毎日の中で、わたしは一生かかっても、とてもまなべないほどの、たくさんのだいじなことをまなぶことができました。中でも、ゆみちゃんがおしえてくれた、いちばんたいせつなことは、命のたいせつさでした。

みなさんは一人ひとり、みんな命をもっています。その命はたった一つしかありません。なくしたからといって、どこかで買うことはできません。

そんなことはわかってるよ、といわれるかもしれません。でも、ふだん、わたしたちは命がどれほどたいせつなものなのか、あまりかんがえることはないと思います。

わたしもゆみちゃんが生まれるまではそうでした。けれども、ゆみちゃんを産《う》んで、いっしょにくらすようになって、命がどんなにたいせつなものか、わたしは毎日感じるようになりました。長く生きられなかったゆみちゃんが、生きることのすばらしさを、だれよりもつよくおしえてくれたのです。

そんなゆみちゃんのメッセージを、たくさんの子どもたちに伝えたいという思いから、わたしはこのお話を書きました。このお話から、みなさんが、命ってほんとうにだいじなんだな、生きているってすばらしいことなんだな、と感じてもらえたら、天国のゆみちゃんも、きっとよろこぶにちがいありません。

それでは、ゆみちゃんの物語をはじめましょう。

ゆみちゃんをさずかるまで

わたしは二十五さいのときにけっこんして、だんなさんのくらす大阪《おおさか》のまちへとひっこしました。富山県《とやま》というところで生まれたわたしにとって、大阪《おおさか》ははじめてのまちで、友だちも親せきもだれもいませんでした。さびしがりやのわたしは、ひるま、だんなさんが会社に出かけているあいだ、ひとりぼっちで、さびしくてしかたありませんでした。

ああ、早く、赤ちゃんがほしいなあ。赤ちゃんがいたら、おっぱいをあげたり、お話をよんであげたり、大きくなったら、いっしょにお出かけできたりして、きっと楽しいだろうな。早く、赤ちゃんが生まれないかなあ。

そんなことばかりかんがえていました。

けれども、赤ちゃんはなかなかできませんでした。

おかしいなあ。どこか悪いのかなあ。

わたしは病院《びょういん》でみてもらうことにしました。先生は、赤ちゃんがなかなかできない女の人のためにつかわれる「はいらんゆうはつざい」という薬《くすり》を出してくれました。

よかった。これで赤ちゃんができる。

「はいらんゆうはつざい」をつかうと、ふたごの赤ちゃんができることがあるといわれていました。

ふたごが生まれたら、かわいいだろうなあ。

わたしは、自分が、ふたごの赤ちゃんにかこまれているすがたを思いうかべながら、うきうきした気分で、薬《くすり》をのみつづけました。

ところが、薬《くすり》をのみはじめて三カ月たっても、四カ月たっても、やっぱり赤ちゃんはできません。

へんだなあ。どうして、できないんだろう。

おなかがいたいよう

そんなある日のことでした。

「いたい、あいたたた！」

夜になって、きゅうにおなかがいたくなりました。

どうしたんだろう。

しばらくしたら、なおるかなあと思って、その夜はいたみをがまんしました。けれども、つぎの日になっても、いたみはおさまりません。わたしはきんじょのお医者《いしゃ》さんのところへ行きました。

「先生、ゆうべからおなかがいたいんです」

先生はわたしのおなかにさわると、

「これは、もうちょうかもしれませんね。手術《しゅじゅつ》がひつようです」といいました。

「えっ？」

わたしは手術《しゅじゅつ》のできるべつの病院《びょういん》へとまわされました。そこでけんさをうけたあと、手術室《しゅじゅつしつ》へ入りました。

もうちょうの手術《しゅじゅつ》はおなかにますいをかけるだけなので目はさめたままです。わたしはどきどきしながら、手術《しゅじゅつ》がはじまるのを待っていました。やがて、手術《しゅじゅつ》がはじまりました。そのときでした。

「わあ！」

先生が声をあげました。

どうしたんだろう。

わたしはしんぱいになりました。すると先生がいいました。

「どうしさん、右のらんそうがはれつしています。これはとらないといけません」

「えーっ！」

らんそうというのは、赤ちゃんのたまごをつくるたいせつなからだのぞうきで、右と左に一つずつあります。そのうちの右のらんそうがはれつしているというのです。

もうちょうじゃなかったの？　それにらんそうをとっちゃったら、赤ちゃんができなくなっちゃうよ。どうしよう。

わたしは手術室《しゅじゅつしつ》のベッドの上で頭がこんがらがりそうでした。

手術《しゅじゅつ》はぶじに終わりました。でも、これからどうすればいいのか、わかりません。

らんそうがはれつしたのは、「はいらんゆうはつざい」をのみすぎたせいだったようです。

赤ちゃんがほしくてのんだ薬《くすり》なのに、そのせいでわたしは、子どもを産《う》むためにとてもたいせつならんそうを一つ失ってしまったのです。

もうわたしは子どもが産《う》めないのかなあ。

そうかんがえると、かなしくなってきました。

でも、らんそうはまだ一つのこっています。らんそうが一つでも、子どもを産《う》んだおかあさんはたくさんいます。

ようし、まだあきらめないぞ。

わたしはまた病院《びょういん》にかよって、子どもができるための治《ち》りょうをいろいろためしました。

ところが、ありとあらゆる方法をためしても、なかなか子どもはさずかりません。

一年たっても、二年たっても、三年たっても、四年たっても、やっぱり子どもはできません。

もう、むりなのかなあ。

こんなにがんばってもできないんじゃ、もうあきらめたほうがいいのかもしれない。わたしはだんなさんと話しあいました。

「子どもがいなくたって、ふたりでしあわせに生きていけるんじゃないかな。いっしょにおいしいものを食べたり、旅行をしたりして、楽しく生きていくのもいいんじゃないかな」

そうだなあ、そうかもしれない。

そこで、わたしは子どもができるための治《ち》りょうをすっぱりとやめました。

やったー！　赤ちゃんができた

治《ち》りょうをやめて、二カ月くらいたったころでした。

もう赤ちゃんができることはあきらめていたのですが、その日は、なんとなく薬《やっ》局《きょく》で、赤ちゃんができているかどうかをしらべる薬《くすり》を買いました。

薬《くすり》をぬってあるぼうに、おしっこをかけて、色がかわると、赤ちゃんができていることがわかるのです。

これまで、この薬《くすり》をなんどもためしましたが、いちども色がかわることはありませんでした。だから、きっとこんども同じだろうと思っていました。

ところが、ぼうを見ると、色がかわっています。

「あれっ？　これって、赤ちゃんができているってこと？　しんじられない。えー、なんでー？　ほんとなの？」

もう治《ち》りょうもやめているので、なにかのまちがいかもしれない。でも、気になるので、あわてて病院《びょういん》に行きました。

「先生、赤ちゃんができているかもしれないんです！　しらべてください」

さっそく先生はけんさをしてくれました。それから、わたしにむかってこういいました。

「どうしさん、おめでとうございます。たしかに、にんしんしています」

「やったー！」

天にものぼる気分とはこのことでした。それまでのくろうはふきとんで、わたしはせかいでいちばんしあわせ者になった気もちでした。

わーい、ほんとうに子どもができたんだ。おかあさんになれるんだ。なんて、すてきなんだろう。なんて、わたしってしあわせなんだろう。

その日から、わたしは生まれてくる子どものことばかりかんがえていました。やっと、さずかったおなかの子が、ぶじに生まれてこられるように、あぶないことはいっさいやめようと思いました。車のうんてんも、仕事もやめました。五年もかかってやっとできた子どもだもの。そのくらいは、あたりまえだと思ったのです。

おなかがだんだん大きくなってきて、七カ月目に入ったとき、病院《びょういん》でエコーけんさをうけました。ちょう音波《おんぱ》でおなかの中のようすを見るのです。

画面を見ていた先生がいいました。

「どうやら女の子みたいですよ」

女の子がほしかったわたしは、もう名前を決めていました。わたしの名前の一文字をとって「弓華」（ゆみか）と名づけることにしました。

わたしは大きくなったおなかをなでては、

「ゆみちゃん、げんきですか」

と一日に、何回もよびかけました。

そして、もうあとひと月で生まれるというころに、ゆみちゃんを産《う》むために、ふるさとの富山《とやま》へかえりました。

ああ、ゆみちゃん、はやく会いたいわあ。

来る日も来る日も、わたしはそういって、おなかをなでていました。

ゆみちゃんたんじょう

ゆみちゃんが生まれる予定の日まで、あと十日となったとき、おなかがいたくなりました。これは「じんつう」といって、赤ちゃんがもうすぐ生まれるという知らせです。

じんつうは、とてもいたいのですが、もうすぐゆみちゃんが生まれるのだと思うと、いたみくらいなんでもありません。けれども、おかしなことに、じんつうがきても、ゆみちゃんはなかなか生まれません。ふつうはじんつうから、赤ちゃんが生まれるまでは長くても一日か二日です。ところが、三日たっても、四日たっても、じんつうはおさまらないし、ゆみちゃんが生まれるけはいもありません。

どうしたのかなあ。ゆみちゃん、早く生まれてきて。おかあさん、待っているんだから。

わたしは自分のおなかに、そうよびかけました。

そのねがいがつうじたのか、やっと五日目になって、ゆみちゃんは、病院《びょういん》の先生やかんごしさんたちに見まもられながら生まれてきてくれました。

でも、なにかようすがおかしいのにわたしは気がつきました。

そうです。赤ちゃんが生まれたというのに、なき声が聞こえないのです。

ふつう、赤ちゃんが生まれるシーンでは、元気のいいなき声が聞こえるものです。

わたしも、てっきりそうなるはずだと思っていました。

けれども、病室《びょうしつ》はしんとしています。

「あれ、なかないねえ」

先生がふしぎそうにいいました。

どうしたの？　ゆみちゃん。生まれてきたのならないてよ。

先生はあわてず、へそのおを切ってから、ゆみちゃんをさかさにして、ふりました。

すると、ゆみちゃんが「ふにゃあ」と小さな声でなきました。

その声を聞いたとたん、よろこびがこみあげてきました。

ああ、ゆみちゃん、ちゃんと生まれてきてくれて、ほんとにありがとう。

わたしはうれしくて、なみだが出てきました。

何年も何年もほしくてたまらなかった子どもです。そのねがいが、やっとかなえられたのです。これ以上のしあわせなんてかんがえられませんでした。

かんごしさんは、生まれたばかりのゆみちゃんを、わたしのおっぱいに近づけました。生まれたばかりの赤ちゃんは、こうするとすぐにおっぱいをすおうとします。けれども、いくら待っても、ゆみちゃんはすおうとしません。

きっと、ないたのでつかれちゃったのかな。

先生は、ゆみちゃんを保育器《ほいくき》へと入れることにしました。

ゆみちゃん、少し休んでから、また会おうね。

心の中でそういってから、わたしも少し休むことにしました。

さいごのだっこ

ゆみちゃんが、ふつうの赤ちゃんとちがうらしいということに気づいたのは、その日の夕方でした。

先生がミルクのかわりにあたえたさとう水を、ゆみちゃんがはいてしまったというのです。

先生は「ちょっとしんぱいなので、大きな病院《びょういん》でみてもらいましょう」といいました。

ところが、ゆみちゃんをつれていくとき、先生がこういったのです。

「おかあさん、さいごにだっこしてあげてください」

わたしは、あれっと思いました。

どうして、先生は「さいごに」なんていうことばをつかうのだろう。

そのとき、ゆみちゃんはもしかしたら、とても重い病気《びょうき》で助からないのかもしれない、と先生がかんがえていることに気づきました。

生まれてすぐになかなかなかったのも、きっとその病気《びょうき》のせいなのだ。

そう気づいたとき、かなしみがこみあげてきました。

わたしは、ゆみちゃんが生まれてから、まだ、いちどもだっこしていませんでした。

それなのに、これがさいごのだっこになるかもしれないなんて、あまりにもかなしすぎます。

わたしはゆみちゃんをだいてなきました。

ほんとうに、これがさいごのわかれになったら、どうしよう。

そう思うと、なみだがあふれてしかたありませんでした。

しんぞうに穴《あな》があいている

大きな病院《びょういん》でしらべてもらったところ、ゆみちゃんのしんぞうには穴《あな》があいていることがわかりました。

しんぞうには、からだに血を送るという、とてもたいせつなやくめがあります。血は人間《にんげん》が生きるのにひつようなさんそやえいようを運んでいます。

ところが、しんぞうに穴《あな》があいていたら、きれいな血とよごれた血がまざってしまいます。そうすると十分なさんそやえいようが、からだに運ばれません。そうなると、ふつうに大きくなることができません。

でも、どうして、しんぞうに穴《あな》があいてしまったのでしょう。そこで、もっとくわしく、ゆみちゃんのからだを、しらべてみることになりました。

すると、ゆみちゃんは、たいへんめずらしいせんしょく体の病気《びょうき》にかかっていることがわかったのです。

せんしょく体とは、おとうさんとおかあさんから赤ちゃんに伝えられる、からだのせっけいずです。わたしたちが、おとうさんやおかあさんに顔がにているのも、おとうさんとおかあさんからせんしょく体をもらっているからです。

ところが、ゆみちゃんのせんしょく体には、ほんの少しだけ、いじょうが見つかったのです。しんぞうに穴《あな》があいているのも、そのためでした。

しかも、ゆみちゃんの病気《びょうき》はとてもめずらしいものでした。この病気《びょうき》にかかった人は、これまでにせかい中で三十人くらいしかいないそうです。しかも、いちばん長く生きたかんじゃさんでも二十七さいでなくなっているというのです。

「先生、ゆみちゃんはなおるのでしょうか」

わたしはすがるような思いで聞きました。

けれども先生は、せんしょく体の病気《びょうき》をなおすことはできませんといいました。先生ははっきりとはいいませんでしたが、わたしはゆみちゃんが長くは生きられないことを知りました。

わたしは目のまえがまっくらになりました。もう、なにもかんがえられませんでした。

ゆみちゃんのたいいん

わたしがたいいんしても、ゆみちゃんはにゅういんしたままでした。

わたしは毎日、ないていました。

そのすがたを見て、パパがいいました。

「いつまでないてるの。ママは、ゆみちゃんが生まれてこないほうがよかったの？」

わたしはこたえられませんでした。すると、パパがいいました。

「ママは、ゆみちゃんが生まれてきて、よかったと思わないかい。こんな重い病気《びょうき》なのに、ちゃんと生まれてきてくれて、顔を見せてくれたんだよ。ゆみちゃんが生まれたときのうれしさを思いだしてごらん？」

そのことばを聞いて、わたしははっとしました。

そのとおりだ。ゆみちゃんが生まれたとき、わたしは人生でいちばんしあわせだった。ゆみちゃんの顔が見られて、ほんとうにうれしかった。

たとえ、ゆみちゃんが長く生きられなくても、いまは生きているんだ。ふつうならば生まれることもできなかったくらい重い病気《びょうき》にかかっているのに、ちゃんと生まれてきてくれたんだ。それなら、みじかいあいだかもしれないけれど、ゆみちゃんとすごす毎日をたいせつに生きていこう。

パパのことばを聞いて、わたしはそうかんがえるようになりました。

もうなくものか。それより、生まれてきてくれたゆみちゃんのために、できることをなんでもしてあげよう。だって、ゆみちゃんはいま、いっしょうけんめい生きているのだもの。ゆみちゃん、ありがとう。

そんなわたしの思いが通じたのか、ゆみちゃんは生まれてから一カ月後、たいいんすることができました。

ゆみちゃん、たいいん、おめでとう。これからよろしくね。

小さなゆみちゃんをだいて、わたしはそういいました。

いよいよ、ゆみちゃんとの毎日がはじまります。

なくことができないゆみちゃん

わたしたちはたいいんしたゆみちゃんと大阪《おおさか》へかえることになりました。そのころは、ひこうきが富山《とやま》から大阪《おおさか》へとんでいたので、それにのって、いどうすることにしました。

けれども、ひこうきにのっているあいだになにかあったらたいへんなので、お医者《いしゃ》さんもいっしょにひこうきにのってくれることになりました。ひこうきの中にさんそのマスクをもちこんで、もしゆみちゃんがくるしそうになったら、すぐにさんそをあげられるようにしました。

はじめてのひこうきの中で、ゆみちゃんはずっとないていましたが、なにごともなく大阪《おおさか》につきました。

ひさしぶりにかえってきたわがやに、ゆみちゃんをむかえいれました。

ゆみちゃん、ここがあなたのおうちですよ。

大阪《おおさか》には、重い病気《びょうき》の子どもたちのための、せんもん病院《びょういん》もあります。さっそく、そこの先生にみてもらって、いろいろアドバイスをうけながら、大阪《おおさか》でくらしはじめました。

ゆみちゃんを育てるうえで、いちばん注意しなくてはならないことがありました。それは、ゆみちゃんをなかせてはいけないということでした。しんぞうに病気《びょうき》をかかえていたゆみちゃんは、なくと血管《けっかん》がせまくなってしまい、さんそがからだにいきわたらなくなります。そのじょうたいがつづくと、命にかかわるのです。

赤ちゃんにとって、なくことは自分の気もちをつたえるための、だいじな方法です。それなのになくと、さんそが不足して、かえってくるしくなってしまうというのは、とてもかわいそうです。

でも、なきつづけていると、命があぶなくなるというのでは、なかせるわけにはいきません。そこでわたしは、ゆみちゃんがなきだすと、すぐにだきあげて、なきやませるようにしました。

ゆみちゃんはいつなきだすかわかりません。ですから、いつも、ゆみちゃんが見えるところに、いなくてはなりません。せんたくものをほしているときでも、トイレに入っているときでも、わたしはいつも、ゆみちゃんのそばをはなれませんでした。夜でも、少しでもゆみちゃんのなき声がすると、どんなにつかれていても、目がさめました。そして、とびおきて、ゆみちゃんをだきあげました。

毎日、おさんぽ

ゆみちゃんは、なくことができないだけではありませんでした。せんしょく体の病《びょう》気《き》のために、口からミルクを飲むことがにがてでした。そのため、鼻にチューブをとおして、そこからミルクをおなかのなかに入れてあげなくてはなりませんでした。

ゆみちゃんは、からだを自由に動かすこともできませんでした。はいはいしたり、歩いたりすることもできませんでした。ことばをしゃべることもできませんでした。

それでも、わたしはゆみちゃんに、いつもふつうに話しかけていました。「ゆみちゃん、おなかすいた?」「ゆみちゃん、おいしい?」としょっちゅう声をかけていました。

そして絵本を読んできかせてあげたり、歌をうたってあげたりしました。

そんなことをくりかえしているうちに、ゆみちゃんも安心したのでしょう。しだいに、ゆみちゃんは笑うようになりました。

おさんぽも毎日のように出かけました。外に出て、日の光をあびたり、風にふれたりすることで、ゆみちゃんに体力をつけてほしいと思ったのです。

外に出るとゆみちゃんは、とても気もちよさそうでした。

「ゆみちゃん、お外は気もちいいね」

へんじはなくても、わたしはゆみちゃんがごきげんなのがわかりました。

毎日のお買い物も、いつもゆみちゃんといっしょです。ベビーカーにのせたゆみちゃんをつれて、わたしはスーパーマーケットの食べもの売り場をまわります。

スーパーには、ゆみちゃんのお気に入りのばしょがありました。れいとう食品売り場です。ふしぎなことに、れいとう食品売り場の前をとおると、ゆみちゃんはかならず笑うのです。

「どうして、れいとう食品売り場がすきなの？」

わたしはふしぎでなりませんでした。もしかしたら、ひんやりとした空気が気もちいいのかもしれません。

わたしもゆみちゃんをつれて買い物をするのは楽しみでした。ゆみちゃんの服をえらんだり、今夜のごはんのこんだてをかんがえたりしながら、ゆみちゃんに話しかけて歩いていると、とてもしあわせな気もちになるのでした。

ゆみちゃんにはお気に入りのものがありました。ウチワです。すずしいのがすきだったゆみちゃんを、わたしはよくウチワであおいであげていたのですが、あるとき、ウチワをゆみちゃんの手にもたせてあげました。すると、気に入ったのか、ゆみちゃんは、ウチワをにぎったままはなそうとしません。ウチワを動かすと、そこにかいてある絵がちらちら動くのが、おもしろかったのかもしれません。それからというもの、ゆみちゃんは家の中でも、外へ行くときでも、いつもウチワをもつようになりました。

章真《しょうま》くんがやってきた

ゆみちゃんが一さいをすぎて、しばらくたったころでした。わが家にとって、ゆみちゃんが生まれていらいの、うれしいじけんがおこりました。

また赤ちゃんができたのです。

わたしはゆみちゃんのせわで毎日たいへんでしたが、ゆみちゃんに弟か妹が生まれることがわかって、うきうきしてきました。

きっといそがしくなるだろうけれど、家族がもうひとりふえることを思うと、そんなしんぱいなどふきとんでしまいました。

大きくなったおなかをかかえて、ゆみちゃんをだきあげるのは、なかなかたいへんでしたが、それでも、わたしは四人になった家族での生活をそうぞうすると、にこにこと笑いがこみあげてきました。

おなかの子は、すくすくじゅんちょうに育っていきました。男の子だということは、すでにわかっていたので、名前もかんがえていました。わたしとパパの名前から字をとって「章真」（しょうま）にすることにしました。

そして、秋のある日、章真くんが生まれました。三四〇〇グラムの元気のいい男の子でした。

それからは目のまわるような毎日でした。

ゆみちゃんはそのころには、もう二さいになっていましたが、自分でごはんをたべたり、動いたりはできません。赤ちゃんが二人いるようなものです。

章真くんにミルクをあげているときに、ゆみちゃんがなきだすと、ミルクをあげるのをやめて、すぐにゆみちゃんをだきあげなくてはなりません。

おふろにはいるときも、ゆみちゃんがねているときに章真くんをおふろに入れて、章真くんがねているときにゆみちゃんをいれるというふうに、時間をずらして、二人のめんどうをみなくてはなりませんでした。

さいわいなことに、章真くんは手のかからない子でした。ぐずってないたりすることもなく、だだをこねたりすることもありませんでした。もしかしたら、わたしがゆみちゃんのせわでたいへんだということを、赤ちゃんなのに知っていたのかもしれません。

しんぞうの手術《しゅじゅつ》をうける

ところが、章真くんが生まれてまもなく、ゆみちゃんのからだのぐあいが悪くなってきました。

ゆみちゃんは、はげしくなくと、さんそが不足してほっさをおこします。それまではなきだすと、すぐにだいてなきやませることができたのですが、それでもだんだんほっさをおこす回数がふえてきていました。

前は何日かに一回だったほっさを、このころには一日に何回もおこすようになりました。ほっさをおこすと、ゆみちゃんは、とてもくるしそうです。このままでは命にかかわります。

わたしは病院《びょういん》の先生にそうだんしました。

先生は、ほっさをとめるには手術《しゅじゅつ》をして、しんぞうにあいている穴《あな》をふさぐしかないといいました。

でも、その手術《しゅじゅつ》はゆみちゃんにとっては、とてもきけんなものでした。ゆみちゃんは呼吸《こきゅう》がうまくできません。だから、ますいをかけて手術《しゅじゅつ》をうけたあと、ますいからさめて、自分で呼吸《こきゅう》をしてくれるかどうかわからない、と先生はいうのです。

わたしはなやみました。

このままでは、ゆみちゃんのほっさはもっと多くなって、もっとくるしい思いをするだろう。それは、かわいそうで見ていられない。それよりも、少しでもなおるみこみがあるなら、手術《しゅじゅつ》をしたほうがいいのではないか。わたしはパパと話しあって、やっぱり手術《しゅじゅつ》をうけることにしました。

「先生、手術《しゅじゅつ》をしてください。おねがいします」

わたしは先生におねがいしました。

先生は、ほんとうに手術《しゅじゅつ》をすることになるとは思っていなかったので、びっくりしていました。

「わかりました。全力をつくします」

先生はやくそくしてくれました。

手術《しゅじゅつ》は九時間半もかかりました。

しんぞうの穴《あな》をふさいで、せまくなっている血管《けっかん》をひろげる大手術《だいしゅじゅつ》でした。けっかは、みごとせいこう。でも、もんだいは、ゆみちゃんがますいから目ざめてくれるかどうかです。

ふつうなら手術《しゅじゅつ》のつぎの日には目がさめます。けれども、ゆみちゃんはなかなか目をさましませんでした。

ふあんな気もちで、わたしはゆみちゃんが目ざめるのをしんじて、ずっといのっていました。

「ゆみちゃん、目をさまして」

その思いがつうじたのでしょう。手術《しゅじゅつ》から三日目、ゆみちゃんは目をさましました。

「ゆみちゃん、がんばったね！　すごいね。ゆみちゃん」

手術《しゅじゅつ》のおかげで、もう、ゆみちゃんはないてもほっさをおこすことはありません。

これまでのように、ないたらすぐだきあげてなきやませなくても、だいじょうぶです。

家族四人で

元気になったゆみちゃんをつれて、また家族四人のくらしがはじまりました。

でも、たいいんのとき先生は気になることをいいました。

「しんぞうはもうだいじょうぶです。でも、ゆみちゃんには、もうひとつ大きなもんだいがあります。それはじんぞうです。おそらく、ゆみちゃんのじんぞうは、これから少しずつ、悪くなっていくでしょう。それはなおすことができません」

じんぞうは、血をきれいにして、いらない水分をおしっこにして出すというはたらきをしています。

ゆみちゃんは、せんしょく体の病気《びょうき》のために、じんぞうのはたらきが、よくありません。そのため、からだにいらないものがたまりやすいというのです。

でも、ゆみちゃんの病気《びょうき》がなおらないことは、生まれたときからわかっていたことです。それなら、ゆみちゃんに命があるあいだ、できるだけ、楽しくすごさせてあげようと思いました。病気《びょうき》だからといって、病院《びょういん》にずっと入れておくのではなく、家族でいろんなところへ出かけて、楽しい思い出を、たくさんつくろうときめたのです。

　わたしたちは、ゆみちゃんをつれて、いろんなところへ行きました。夏にはプールやゆうえんちへ行きました。プールの水のつめたさが、ゆみちゃんはだいすきでした。章真くんもだんだん大きくなって、ゆみちゃんのことがわかるようになってきました。章真くんにとって、ゆみちゃんはおねえさんでした。でも、ゆみちゃんは自分ではなにもできません。だから、章真くんはゆみちゃんのことを赤ちゃんだと思っていたかもしれません。

　わたしがいっしょうけんめいにゆみちゃんのせわをしているのを見て、章真くんも手つだってくれるようになりました。わたしがゆみちゃんに話しかけているように、章真くんもゆみちゃんにお話をしたり、歌をうたってあげたりするようになりました。ゆみちゃんも章真くんがそばにいると、とても楽しそうに、にこにこしていました。

　わたしはゆみちゃんのせわがたいへんで、章真くんにはあまりかまってあげられませんでした。だから、章真くんがさびしい思いをしているのではないかと気にしていました。でも、ゆみちゃんにやさしく話しかけている章真くんを見ると、とてもうれしくなりました。章真くんもゆみちゃんのことが、だいすきだったのです。

あと一カ月の命？

ゆみちゃんが四さい半になったころでした。ゆみちゃんのじんぞうのぐあいが、かなり悪くなっていることが、けんさのけっか、わかりました。

しんぞうの手術《しゅじゅつ》をうけたときに、じんぞうがだんだん悪くなることは、先生から聞いていました。ああ、いよいよ、きたんだな、とわたしは思いました。

先生からはにゅういんをすすめられました。けんさをしながら、どんな薬《くすり》をつかったらいいかかんがえたいというのです。ゆみちゃんのためなら、しかたありません。こうして、ゆみちゃんはひさしぶりに、またにゅういんすることになりました。

ところが、にゅういんしても、じんぞうはどんどん悪くなっていきます。家にいたときには、よく見せてくれたえがおもほとんど見せなくなりました。笑わなくなったゆみちゃんを見ていると、むねがいたくなりました。

ゆみちゃん、つらいんだろうな。

わたしはかわいそうでしかたありませんでした。

わたしは先生にいいました。

「先生、ゆみちゃんを家につれてかえりたいんです」

先生はしばらくかんがえていました。このままにゅういんしていても、よくなるみこみはなさそうだと思ったのでしょう。

「わかりました」

そう先生はいいました。先生も、家にかえって、家族とすごす時間をだいじにしたほうがいいとかんがえたのでしょう。

「ねんのために、お薬《くすり》を四週間ぶん出しておきますね」

と先生はいいました。

ねんのため、といったのは、そこまでゆみちゃんが生きられることはないと思ったからにちがいありません。つまり、ゆみちゃんは、あと一カ月くらいしか生きられないということです。

たいいんのときも、ふつうならば、つぎに病院《びょういん》に来る日をよやくするのですが、このときはよやくするようにともいわれませんでした。もう生きて病院《びょういん》にもどってくることはないだろうと思われていたのです。

わたしもかくごをきめました。ゆみちゃんにのこされたわずかな日々を、いっしょにたいせつにすごそう。そう心にきめて、ゆみちゃんをだいて、家にかえりました。

笑いがもどってきた

ところが、ふしぎなことに、家にかえってくると、ゆみちゃんにえがおがもどってきたのです。家にかえってきて、リラックスしたのかもしれません。

病院《びょういん》でもらった四週間ぶんの薬《くすり》がなくなっても、ゆみちゃんは生きていました。

わたしはしんじていました。ゆみちゃんは、これまでなんどもあぶないといわれながらも、生きのびてきた、とてもつよい子です。このくらいのことは、のりこえてくれるにちがいない、と。

「ゆみちゃん、すごいなあ」

わたしはゆみちゃんになんども、そう話しかけました。

薬《くすり》をもらうために、わたしはゆみちゃんをつれて病院《びょういん》に行きました。

わたしとゆみちゃんの顔を見ると、先生はびっくりしていました。それもそのはずです。先生は、とてもゆみちゃんが一カ月も生きていられるとは思っていなかったのですから。

「すばらしい！」

先生は思わず、大きな声をあげました。かんごしさんたちも、

「ゆみちゃん、すごいねえ」とみんながいいました。

けんさをすると、じんぞうは、あいかわらず悪いままです。でも、ゆみちゃんは生きています。じんぞうは悪くても、ゆみちゃんには体力があるおかげで、もちこたえていたのです。きっと、生まれてからずっと外へのおさんぽをつづけていたおかげで体力がついたのかもしれません。

ゆみちゃんとわたしたちのくらしは、なにもかわりませんでした。わたしはゆみちゃんと章真くんをつれて、毎日のように外におさんぽに出かけ、たん生日には海のちかくへ旅行へ行きました。

こうして、あと一カ月の命といわれてから、二年がたちました。ゆみちゃんは六さいになっていました。

ゆみちゃんのじんぞうのぐあいは、よくはありませんでしたが、それでも、家族といるときのゆみちゃんは、にこにことよく笑いました。あいかわらず、ゆみちゃんは、歩くことも、しゃべることもできませんでしたが、それでも、ゆみちゃんが毎日を楽しんでいることはわかりました。わたしも、ゆみちゃんといるのは、とてもしあわせでした。こんなしあわせが、いつまでもつづいてくれたら、どんなにいいだろうとわたしは思いました。

熊本《くまもと》へおひっこし

ゆみちゃんが六さいになってまもなく、わが家にまた大きなじけんがもちあがりました。こんどは、パパの仕事のつごうで、九州の熊本《くまもと》へひっこすことになったのです。

まわりの人たちは、パパだけがひとりで熊本《くまもと》に行き、わたしと子どもたちは大阪《おおさか》にのこると思っていました。大阪《おおさか》にはゆみちゃんを見てくれる先生もいるし、住みなれたところをはなれるのは、わたしにとっても、ゆみちゃんにとってもたいへんだろうと思っていたのです。

でも、わたしははじめからいっしょに行くつもりでいました。家族はいつもいっしょにいるのがあたりまえだと思っていたからです。それに、ゆみちゃんにのこされた時間が多くないのもわかっていました。そんなときに家族がはなればなれでいるなんてわたしにはがまんできませんでした。

ゆみちゃんが天国にいってしまうのが、いつになるのかわかりません。ひょっとしたら、それは来年かもしれないし、あるいは明日かもしれません。でも、そのときはわたしのうでの中から、ゆみちゃんを旅立たせてあげたい。そう心にねがっていました。

こうしてわたしたち家族は、六さいのゆみちゃんをつれて、熊本《くまもと》へとひっこしました。熊本《くまもと》は、おいしい水と、おいしいやさいにめぐまれたすばらしいところで、わたしはすぐにすきになりました。

きんじょにはしょうがいのある子どもたちのための、ようご学校もあり、わたしはゆみちゃんをつれて、毎日送りむかえしました。

また、熊本《くまもと》にやってきてから、わたしはゆみちゃんに毎週、自分でちゅうしゃをうつようになりました。じんぞうのためのちゅうしゃです。それまでは、病院《びょういん》でちゅうしゃをうってもらっていたのですが、そのためにゆみちゃんをこんでいる病院《びょういん》につれていって、長い時間がかかってしまうのはかわいそうでした。すると、病院《びょういん》の先生が、「おかあさんが自分でちゅうしゃをうってはどうですか」といってくれたのです。

さいしょはこわかったのですが、なれると、そのほうがずっとかんたんでした。もちろん、ゆみちゃんはちゅうしゃがすきではありません。ちゅうしゃのはりがうでにささるとなきだします。つめたい薬《くすり》がからだの中に入ってくる感じもいやなようでした。

そこでゆみちゃんが少しでもらくになるように、章真くんが、薬《くすり》の入ったちゅうしゃきを両手でつつんであたためてくれました。ちゅうしゃきがあたたまると、章真くんがわたしにわたしてくれます。そこにはりをつけてわたしがゆみちゃんにちゅうしゃします。こうすると、薬《くすり》がからだに入ったときも、あまりいたくないみたいで、ゆみちゃんはあまりなきません。

章真くんはそばにいて、

「ゆみちゃん、いたくないからね、だいじょうぶだよ」

とやさしく声をかけてあげるのでした。

じんぞうが悪くなる

熊本《くまもと》にやってきて、さいしょのゴールデンウイークに天草《あまくさ》にイルカを見にいきました。小さなボートにのって、おきまで出て、イルカを見るのです。ゆみちゃんも車いすにのったまま、ボートにのりました。

ボートが走りだすと、風がとてもつめたく、わたしたちはさむくてしかたありませんでした。けれども、ゆみちゃんだけは、風が気もちいいのか、とてもごきげんそうに、にこにこしています。むかしからさむさにつよいゆみちゃんでしたが、このときはわたしもパパも章真くんも、気もちよさそうなゆみちゃんを見て、びっくりしました。

「ゆみちゃん、すごいなあ」

わたしたちはすっかりかんしんしていました。

その年の秋、ゆみちゃんは七回目のたん生日をむかえました。たん生日にはかならず旅行をするのがしゅうかんになっていたので、このときは宮崎《みやざき》の海へ行きました。このときも、ゆみちゃんはとても楽しそうでした。

ゆみちゃんのじんぞうのぐあいはあいかわらず、よくありませんでした。でも、体力があるおかげで、ゆみちゃんはかぜ一つひきませんでした。もし、病気《びょうき》だからといってずっとにゅういんしていたら、こんなに元気ではなかったかもしれません。

そんな元気なゆみちゃんのようすが、少しずつ変わりはじめたのは、ゆみちゃんが八さいになった年の十二月ごろでした。それまで、わりとすぐにねむりについていたゆみちゃんが、なかなかねむらなくなったのです。だいているとねむってくれるのですが、ふとんにおこうとすると、そのとたんになきだします。

わたしは、ゆみちゃんをつれて病院《びょういん》に行きました。

けんさをすると、前よりも、じんぞうがまた少し悪くなっているのがわかりました。そのせいで、そのころから、ゆみちゃんのからだに水がたまるようになってきました。

じんぞうは、血をきれいにして、からだの中のよぶんな水をおしっこにして、外に出す仕事をしています。しかし、ゆみちゃんのじんぞうは、その仕事がだんだんできなくなってきていました。そのため、外に出せないよぶんな水やどくが、からだにたまるようになってきたのです。

ゆみちゃんのからだは、しだいにむくんできました。足をゆびでおすと、おしたあとがへこんだまま、なかなかもとにもどりません。じんぞうがきちんとはたらいていないしょうこです。わたしは、しんぞうの手術《しゅじゅつ》をうけたときに、先生がいっていたのは、このことなんだなと思いました。

それでも、ゆみちゃんはまだ、にこにことよく笑いました。夜もねむれなくて、とてもつらいはずなのに、わたしや章真くんが話しかけると、よく笑ってくれるのでした。

そのえがおを見ていると、とても、ゆみちゃんが死んでしまうとはしんじられませんでした。

ないていちゃいけない

毎日、少しずつ、ゆみちゃんのぐあいが悪くなっていくのがわかりました。足やうでだけではなく、顔もだんだんとむくんできました。

おしっこを出す薬《くすり》は毎日、あげていましたが、それでも出るおしっこのりょうはへっていきました。ミルクをあげても、おしっこがでないので、水分が、どんどんからだにたまっていきます。でも、ミルクをあげなかったら、えいようがとれません。どうしたらいいのか、わたしはとてもなやみました。

病院《びょういん》の先生は、

「あと少しですから、がんばってください」

といいました。それを聞いて、わたしは「ああ、あと少ししか、ゆみちゃんは生きられないんだな」と思うとなみだをおさえられませんでした。

あと一カ月しか生きられないといわれたときも、わたしはゆみちゃんのえがおを見ていると、そんなはずはないとしんじられました。でも、いまのゆみちゃんのつらそうに、むくんだ顔を見ていると、ほんとうにゆみちゃんは死んでしまうのだということが、はっきりとわかりました。

わたしは家でなきました。どのくらいないたころか、ふと気がつくと、うしろから章真くんがなにもいわずにわたしのせなかをぎゅーっとだいていてくれていたのでした。

わたしはハッとしました。章真くんは、口ではなにもいわなくても、わたしのことをとてもしんぱいしていたのがわかりました。わたしはそのとき気づきました。

こんなふうにないていちゃだめだ。わたしがないていたら、ゆみちゃんだって、章真くんだって、かなしくなってしまう。のこりすくないからこそ、明るく、楽しく生きようとちかったはずじゃないか。

わたしはふりむくと、章真くんにいった。

「ごめんね。ママがないていたら、章真くんだってかなしくなってしまうよね」

章真くんはなにもいわずに、わたしを見つめていました。いつのまにか、章真くんはたのもしい男の子になっていたんだなあ。

そうだ。ないているひまがあったら、もっとゆみちゃんをだっこしてあげよう、歌をうたってあげよう、外へ出て、おいしい空気をすわせてあげよう。なくよりも、笑おう。いつも笑っている、きれいなおかあさんでいよう。

だって、わたしが笑っていることでゆみちゃんは楽しく毎日がすごせたのだし、わたしもゆみちゃんのえがおのおかげでしあわせになれたのだから。えがおがあれば、どんなくるしみだってのりこえられることを、わたしはゆみちゃんからおしえられたのだから。わたしはそう思いました。

だいすきなウチワをおとして

顔がむくんできても、ゆみちゃんはがんばりました。

四月のはじめには、家族でお花見をしました。これがゆみちゃんとのさいごのお花見になることはわかっていました。天気のいい、とてもあたたかい日でした。そのあと、すぐに章真くんの小学校の入学式がありました。

このころも、わたしは毎日、ゆみちゃんと章真くんをつれて、おさんぽに出かけていました。いつものようにゆみちゃんを車いすにのせ、章真くんの手をとって、ショッピングセンターをのんびりさんぽします。いつもとおなじ時間の中に、生きているしあわせがあるんだなあと、わたしはしみじみ思いました。

そしてゴールデンウイークがやってきました。ゆみちゃんのむくみはからだじゅうにひろがっていて、あまり笑うこともなくなっていました。それでも、その日はパパもいたので、みんなできんじょの電気やさんへ出かけることにしました。ゆみちゃんには、いつものようにだいすきなウチワをもたせました。外に出たゆみちゃんは気もちよさそうな顔になりました。

ところが、電気やさんの中を歩いていたとき、車いすにのっていたゆみちゃんが手にもっていたウチワをぽとりとおとしました。わたしはウチワをひろって、ふたたびゆみちゃんにもたせようとしました。けれども、何回もたせようとしても、もとうとしません。こんなことははじめてでした。

もう外に出るのもしんどいのかなあ、とわたしは思いました。

ゴールデンウイークがすぎるころには、ゆみちゃんはほとんど笑わなくなり、またなくこともなくなりました。もう笑ったりないたりするだけの力もなくなっていたのです。顔はむくみのせいで、ぱんぱんにはって、とてもくるしそうです。

わたしはゆみちゃんに声をかけました。

「ゆみちゃん、そんなにくるしかったら、いつ天国へ行ってもいいんだよ。でも、生きたかったら、がんばって生きてね。ママは、いつもいっしょだよ」

あまりにゆみちゃんがつらそうなので、わたしは病院《びょういん》へつれて行きました。もう病院《びょういん》でできることはないのは知っていましたが、それでも、なにかゆみちゃんのくるしみをやわらげてあげたかったのです。

先生はゆみちゃんをしんさつすると、わたしのほうをむいて、

「おかあさん、にゅういんしましょう」といいました。

でも、わたしはにゅういんはいやでした。もう少ししか、ゆみちゃんといられないのに、はなればなれにはなりたくありませんでした。

「にゅういんはしません」

すると、先生はいいました。

「おかあさんもゆみちゃんといっしょににゅういんするのはどうですか」

でも、わたしはそれもできないといいました。うちには章真くんもいるし、ゆみちゃんのためにも、家にいて家族といっしょにすごすのがしあわせだと思ったからです。病院《びょういん》にいたら、きっとゆみちゃんはふあんになるにちがいありません。それに、

なにかあったとき、そばにいられるともかぎりません。

先生は「わかりました、かえっていいですよ」といいました。

先生も、ゆみちゃんがあとわずかな命だということはわかっていました。病院《びょういん》にいてさびしい思いをさせるより、家族でいっしょにいるほうがしあわせだと思ってくれたのでしょう。

わたしは、ゆみちゃんをだいて家にかえりました。もう、病院《びょういん》に行っても、できることはなにもないこともわかりました。

ゆみちゃんの旅立ち

病院《びょういん》に行ったつぎの日、ゆみちゃんの息がときどきみだれるようになりました。鼻にはあざのようなものがあらわれました。いよいよ、あぶないのかなとわたしは思いました。

わたしはこれまでゆみちゃんがおせわになった、ようご学校の先生や、ゆみちゃんを知っているお友だちにれんらくをしました。そして、「ゆみちゃんがあぶないかもしれないので、もしよかったらきょうのうちに会いに来て」といいました。

すると、つぎつぎと友だちがゆみちゃんのおみまいに来てくれました。

みんながかえると、おふろをわかしました。もうすぐ天国へ旅立つゆみちゃんを、きれいにしてあげようと思ったのです。おふろがわくと、ゆみちゃんと章真くんと三人で入りました。

「ゆみちゃん、きれいになったね」

わたしはそう話しかけました。でも、もうゆみちゃんはくるしそうな息をしているだけで、笑うことも、なくこともありませんでした。

つぎの日の朝、わたしは明けがたに目がさめました。ゆみちゃんは目をあけて、きのうと同じように、くるしそうな息をしていました。

「ああ、きょうも生きていてくれた」

わたしはうれしくて、ゆみちゃんをだきあげました。パパも起きてきて、わたしがミルクをつくっているあいだ、ゆみちゃんをだいてくれました。いつもなら、わたしが「だくのかわろうか」というと、すぐにゆみちゃんをわたしてくれるのに、この日は、そのまま一時間くらい、パパはゆみちゃんをだいていてくれました。

パパが仕事に出かけると、わたしはリビングにゆみちゃんをねかせて、いつでもゆみちゃんのすがたが目に入るようにして、家の仕事をはじめました。

九時すぎに、せんたくものをほしおえて、へやにもどってゆみちゃんを見ました。なんとなく、ゆみちゃんのようすがおかしいので、わたしはゆみちゃんをだきあげると、声をかけました。

「ゆみちゃん、いきしなさい。がんばって生きなきゃだめよ」

そうやってゆみちゃんをだいて一分くらいたったとき、ふとゆみちゃんの息がとまりました。そしてそのまま動かなくなりました。ゆみちゃんは天国に旅立ったのです。

ああ、とうとうこのときが来たんだ。

それはゆみちゃんを産んだときからわかっていたことでした。それでも、ゆみちゃんは八年と八カ月も、わたしたちといっしょにいてくれました。すばらしい思い出をたくさんのこしてくれました。そして、さいごには、ずっとねがっていたように、ほんとうにわたしのうでの中から旅立ってくれました。

もしかしたら、ゆみちゃんはきょう、わたしがせんたくものをほしおえるまで、死ぬのを待っていてくれたのかもしれません。わたしにだかれて安心したので、「これで天国へ行ける」と思ったのかもしれません。

「ありがとう、ゆみちゃん」

ねむったように動かなくなったゆみちゃんに、わたしは大きな声でそういいました。

それから、そのやすらかな顔をじっと見つめていました。

生きてるってすばらしい

ゆみちゃんがなくなったとき、章真くんは小学校一年生でした。もう動かなくなったゆみちゃんを見たとき、章真くんは「なんだ、ねているだけじゃないか」といいました。まだ、小さい章真くんには、死ぬということがどういうことか、よくわかっていなかったのかもしれません。

その年の夏休みのことでした。休みのさいごの日に、わたしは章真くんに、どこでもすきなところへつれていってあげる、といいました。きっと章真くんは、だいすきなプールかトイザらスのどちらかをえらぶにちがいないと、わたしは思っていました。

「さあ、どこに行きたい？」

わたしはやさしくたずねました。

すると、章真くんは思いがけないことをいいました。

「天国に行きたい」

わたしはびっくりして、思わず聞きかえしました。

「どうして、天国に行きたいの？」

「だって、天国にはゆみちゃんがいるんだもん」

そのころ章真くんは天国というところは、ふつうに行けるところだと思っていたのです。そして、天国では病気《びょうき》だった人も元気になれるとしんじていたのでした。

「天国のゆみちゃんは、歩くことも、お話しすることもできるんでしょ。だから、ぼくは天国でゆみちゃんとプールあそびしたい！」

章真くんはそういって、わたしを見つめました。

わたしはこまってしまいました。天国は生きている人が行けるところではないことを章真くんにお話しするのは、かわいそうな気がしたからです。わたしは、

「うーん、ちょっとそれはむずかしいかなあ」と答えました。

章真くんはだまっていました。きっと、天国にはかんたんに行けないんだということを、なんとなくわかったのかもしれません。

でも、わたしはそのことばを聞いて、章真くんはほんとうにゆみちゃんがすきだったんだなと思いました。わたしはゆみちゃんのせわがたいへんだったので、あまり章真くんとはあそんであげられませんでした。そのことで章真くんにいろんながまんをさせてしまったんじゃないかと思っていました。

でも、わたしにとってゆみちゃんがたいせつな子どもだったように、章真くんにとっても、ゆみちゃんはだれよりもたいせつなおねえさんだったのです。

いまでも章真くんは毎日のようにゆみちゃんの写真《しゃしん》に話しかけています。わたしも

また、ゆみちゃんのことを思いださない日はありません。あのやさしいえがおを思いだすと、どんなにつらいときでもむねのおくがあたたかくなります。

そんなときわたしは思います。ゆみちゃんは生きている。わたしたちの心の中に、いつまでも生きているのだと。そして、ゆみちゃんからおそわった命のたいせつさ、生きることのすばらしさ、えがおの力をけっしてわすれないでいようという気もちになります。


これでゆみちゃんのお話を終わります。

みなさんも、きっとこれからつらいことや、くるしいことにであうかもしれません。ひょっとしたら、生きているのさえ、いやになることがあるかもしれません。

でも、そんなとき、ほんのちょっと、ゆみちゃんのことを思いだしてください。歩くことも、しゃべることもできなかったけれど、それでもいっしょうけんめいに生きて、そのえがおでまわりの人たちをしあわせにしてきたゆみちゃんのことを。そうすれば、きっと心の中から勇気《ゆうき》がわいてくると思います。

みんなも、いま、生きているということのすばらしさをたいせつにしてください。

それが、ゆみちゃんがおしえてくれた、いちばんたいせつなことです。

あとがき

弓華が一生懸命に病気と闘っていたころ、テレビのディレクターに、弓華ちゃんのことを取材させてほしいと言われた。弓華の物語は「9本の赤いばら」というタイトルで、亡くなった翌年（平成十八年）の三月に放送された。反響は驚くほど大きく、再放送を望む声が多数放送局に寄せられ、八月に再放送された。

さらに、このことがきっかけで、市の人権教育指導室の方が、弓華ちゃんの話を、ぜひもっとたくさんの人に聞かせたいとおっしゃった。それから私は熊本市人権教育講師として、いろんな場所で弓華のことについて講演するようになった。

弓華と過ごした日々の中で、私はいろんなことを学んだ。それがたくさんの人たちの心を動かし、勇気を与えるものなのだということを知って、とてもうれしく思った。

弓華は天国に行ってしまったけれど、おおぜいの人たちが弓華のことを知ってくれる。生きることの大切さを感じてくれている。こんなにうれしいことはなかった。ゆみちゃんって、本当にすごい！　私はあらためて天国の弓華に感謝した。

さらにうれしかったのは、講演を聞いてくださった多くの方々からいただいた感想だ。とくに子どもたちからの感想はうれしかった。そのいくつかをご紹介したい。

「命の大切さが、よく分かりました。どれだけつらくても、死ぬより、生きたほうが、よっぽどいいことだとあらためて思いました」（小学三年生のこばやしさん）

「ゆみちゃんが笑うようになったのは、家族のみなさんが笑っていたからだと思います。ずっとずっと泣いていたら、ゆみちゃんはぜんぜん笑えなかったかもしれません。だから、笑っていることは大切だと思いました」（小学三年生のとみざわさん）

「生きていることは、ほんとにしあわせだなと思いました。生きているから、お母さんや友だちとしゃべったり、いろんな場所を歩いたりできる。私はこれから一つしかない命を大事にしたいと思います」（小学四年生のひらかわさん）

「今、いじめなどの原因で自殺者が増えています。私は自分の命、相手の命、たくさんの

命を大切にできるような心の優しい人間になりたいと思います」（中学二年生のたかはしさん）

「人の命は一度うしなったら二度ともどってこない。ぼくは道志さんの話を聞いて、自分自身の命も、友だちの命も、家族の命も、すべての生き物の命も、大切にしようと思いました」（中学二年生のいまざとさん）

「ぼくはずっと友だちに平気で『死ね』『消えろ』とか『うせろ』という言葉を使っていました。でも、今回の講演を聞いて、ざんこくな言葉や、人がきずつく言葉などを使わないようにしようと思いました」（中学二年生のふじいさん）

「私の母も、道志さんがゆみちゃんに抱いたのと似た感情や愛情をもって私を産んでくれたんでしょうか。私はそんな気がします。もし私が母親になったら、きっと同じ気持ちになるような気がします」（中学二年生のまつしたさん）

保護者の方々からの感想も一部紹介したい。

「子どもが五体満足であることを当たり前のこととらえがちな日常の中で、今回のお話は、自分をかえりみる貴重な機会となりました」

「どんなことがあろうとも子どもの中では、いつも笑っているお母さんでいようと決意しました」

「生まれてきたときの『とにかく健康で育ってくれればいい』という気持ちを毎日の子育ての中で忘れてしまっており、大きくなるにつれて『言うことをきかない、わがままばかり……』と親の要求が大きくなっていることに改めて気づかされました。子どもともう少し真剣に遊び向き合いたいと思います」

現代は命が大切にされない時代になっているような気がする。簡単に自殺したり、子どもを虐待して殺してしまったりという事件が毎日のようにニュースで流れてきて、胸が痛くなる。そんな時代だからこそ、弓華の短い人生に、多くの人が命の重さを感じてくれることが、とてもうれしい。

お母さんにとっては、自分のおなかの中から痛みとともに出てきてくれた子どもに対して、目が見えないから嫌いとか、歩けないから嫌い、ということはけっしてないと思う。かけがえのない、たった一つの命を大切にいつくしんでほしい。生きているというのは、それだけで奇跡のようにすばらしいことなのだから。

それが笑顔の戦士、弓華の残してくれた永遠のメッセージだと思う。

平成二十年十月

道志　真弓

著者プロフィール

道志 真弓（どうし まゆみ）

1965年生まれ。
富山県出身、大阪府在住。
「命の重さ」を多くの方々に知ってほしいと願い、
全国各地で講演を行っている。

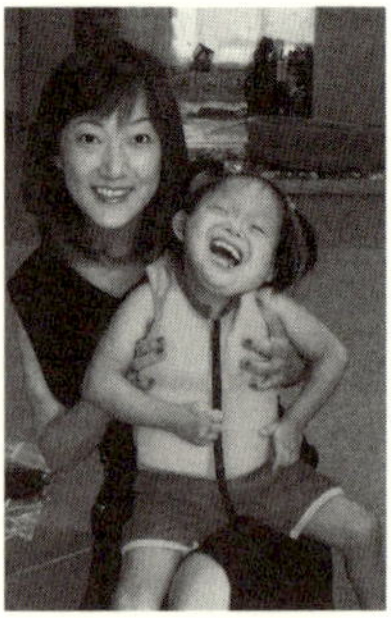

笑顔の戦士

2008年11月15日　初版第1刷発行
2016年8月10日　初版第7刷発行

著　者　道志 真弓
発行者　瓜谷 綱延
発行所　株式会社文芸社
〒160-0022　東京都新宿区新宿1－10－1
電話　03-5369-3060（代表）
03-5369-2299（販売）

印刷所　神谷印刷株式会社

ISBN978-4-286-05082-9